Daniel O. Malarcsek

EVADAREA DIN INFERN

Roman autobiografic

Herstellung und Verlag:
BoD - Books on Demand, Norderstedt
ISBN 978-3-7448-4006-4

Prefață

Stimați cititori,

acest roman e unul.... autobiografic, fiind inspirat din realitate, mai precis din viața mea.

Comunismul e doar o amintire? Am putea spune. Sau poate că totuşi nu?

Poate că e doar o amintire vagă pentru cei ce s-au născut cu puțin timp înainte de aşa zisa „revoluție" din Decembrie 1989. Poate că e o amintire, pentru cei care au trăit în țările capitaliste la vremea aceea şi nu au avut contact direct cu el, ci doar prin intermediul presei şi televiziunii. Pentru cei care s-au născut şi au trăit pe teritoriul României comuniste, în perioada din 1948 şi pînă în 1989, cu siguranță că amintirile neplăcute legate de această perioadă vor rămîne pentru vecie în memoria lor întipărite.

De aproape un secol dăinuie pe lume o formă modernă de sclavagism, comunismul. Din păcate această formă de exploatare a omului de către om mai există şi în ziua de astăzi, în Corea de Nord.

Ce este comunismul în fond?

Pentru mine, o variantă modernă şi perfidă de subjugare a oamenilor unei societăți, combinată cu permanente încălcări ale drepturilor omului, dar în acelaşi timp foarte rafinată şi foarte bine organizată. Dacă nu ar fi fost aşa, nu ar fi rezistat aproape un secol. Omul poate fi terorizat fizic, dar gîndurile lui nu se pot nici verifica şi nici modifica.

Visul de a trăi în libertate a existat din toate timpurile.

O întrebare ce se pune de mii de ani ar fi:

De ce unii au dreptul de a trăi liber şi alţii nu?

Și în dictatura comunistă mulţi şi-au pus această întrebare, dar pentru că nu au găsit un răspuns au luat o hotărîre extremă:

Decît să accepte jugul comunist, mai bine şi-au riscat viaţa și viitorul, încercînd să părăsească ilegal România. Un proverb românesc spune că:

„Socoteala de acasă de cu cea din tîrg nu se prea potriveşte".

Așa și este. Teoria e una și practica alta. Unii au reușit să părăsească ţara din prima încercare, alţii din a doua şi alţii deloc, lăsîndu-şi viaţa pe fîşie sau înecîndu-se în Dunăre. Fiecare cu soarta lui.

Poate că dacă mi-ar fi plăcut politica, avînd un caracter cu două faţete ca majoritatea comuniştilor, nu aș fi fost interesat să părăsesc România. Dar nu am fost tipul, așa că am optat și eu pe varianta riscului.

Înainte de a reuși să scap de comunism am înghiţit în anul 1982, o gălușca amară, făcînd cunoştinţă cu temniţa de la Popa Șapcă din Timișoara. Am primit o condamnare de 10 luni pentru încercare de trecere ilegală a frontierei.

Istoria nu se poate schimba şi nici uita. Fără istorie nu ar exista nici această planetă unde noi oamenii astăzi trăim. Cu siguranţă că a-ţi auzit de Nelson Mandela, fostul preşedinte al Africii de Sud. A murit la respectabila vîrstă de 95 de ani. Acest om a petrecut 27 de ani în închisoare, fiind condamnat de regimul dictatorial al albilor, pentru că a luptat împotriva sclavagismului ce domina asupra populaţiei de culoare din ţara lui. El a spus cîndva această frază:

„Cel mai important lucru în viaţă nu este, să nu cazi niciodată, ci de fiecare dată cînd cazi ...să te ridici."

Și eu am aplicat acest principiu în viață și nu am renunţat la visurile mele.

Acţiunea ce urmează se petrece în anii 80, bazîndu-se pe experiența personală. Am scris în numele celor care și-au pus viața în pericol pentru a trăi în libertate ca și pentru cei care s-au ridicat de fiecare dată cînd au căzut. Totuși vreau să fiu fair și să spun că nu chiar totul a fost rău în comunism. Printre lucrurile bune, așa cum le văd eu, au fost:

Sistemul de învăţămînt, aveam de lucru toată lumea și se învăța meserie, cine voia.

Stimați cititori, trebuie să vă spun că această carte, nu este corectată şi îmbunătăţită de vreun lector. Nici școli înalte nu am făcut. Stilul meu e simplu, pe înțelesul tuturor. Dacă găsiţi greşeli de ortografie î-mi cer scuze. După mai bine 25 de ani în „exil" nici nu poate fi altfel! Pentru cei care mă vor critica le spun următorul lucru:

De experți e plină lumea. Mai întîi să demonstreze că scriu mai bine ca mine. Să nu uităm că nimeni dintre noi nu e perfect....

Cap.I

„Cine nu are curajul să viseze, nu are nici puterea să lupte." (Proverb african)

Un strigăt şi rumoarea din cameră mă deşteptară brusc dintr-un somn adînc. Era ora 5:30. Gardianul începu să urle:

„Trezirea puturoşilor! Îmbrăcarea, la spălat şi în curte cu voi."

„Ah Doamne, iar trebuie să aleg la blestemaţii ăştia de cartofi" mi-am zis, ridicîndu-mă cu greu din pat.

Într-o celulă de 40 m² eram încarceraţi 40 de deţinuţi. Baia era separată de dormitor de o uşă, ce lăsa să treacă nestingherite toate mirosurile, aici găsindu-se și toaletele turceşti. Paturile supraetajate, unite cîte două cap la cap, erau despărţite de un coridor de cel mult jumătate metru. Totul era minimalizat, asfel că distanţa dintre paturi era mult prea mică pentru ca patru oameni să se poată îmbrăca în acelaşi timp pe acest culoar.

M-am ridicat pe jumătate, dar trebuia să aştept ca vecinii de sub mine să termine cu îmbrăcatul. Ca în orice închisoare trebuie să ai respect de „veterani", cum erau numiţi cei care erau mai de mult în spatele gratiilor. După ce bătrînii terminară, am accelerat ritmul îmbrăcării, apoi m-am dus la baie. Totul trebuia să meargă ca pe roate. Cine nu era gata la timp făcea în curte în plus cîteva ture de alergare. Un sfert de oră aveam la dispoziţie pentru spălat (doar cu apă rece fie vară, fie iarnă!) şi îmbrăcat.

Soarele se ridica încet la orizont şi înviorarea începu. Trei ture de fugă prin curte, flotări, genoflexiuni, sărituri, totul durînd cam 10 minte după care se făcea apelul, adică numărătoarea oamenilor. Toţi eram prezenţi. Am urcat la celulă urmînd să luăm micul dejun. Era un dejun „mic" în adevăratul sens al cuvîntului.

„Of, iar mizeria asta de Turtoi" î-mi trecu prin cap. Dar foamea nu iartă pe nimeni.

Ce era Turtoiul? Făină de mălai, de proastă calitate, amestecată cu apă şi pusă într-o tavă la copt în cuptor. Un meniu ce se asemăna la gust cu mîncarea ce se dădea..... la porci. De fapt noi, trădătorii de ţară, eram văzuţi de autorităţi, mai rău ca porcii.

Masa de prînz, consta din grîu fiert (arpacaş) sau o zeamă de cartofi şi o coadă de rîndunică. Coada de rîndunică egaliza o optime de pîine neagră.

Dimineaţa şi seara primeam cîte o bucată de turtoi, mai bine zis bucăţică. Era destul ca să nu mori de foame, dar nici să trăieşti. Mi-am luat raţia şi m-am îndreptat cu paşi mărunţi spre pat. M-am aşezat şi am început să mestec încet la mălaiul ce-mi scîrţîia în dinţi. Între timp mă gîndeam la evenimentele care mi-au dat peste cap tot mersul vieţii. Pînă în urmă cu trei săptămîni, cu toată criza din ţară, puteam totuşi mînca acasă pe săturate.

„Nu puteam eu să aștept și să mă gîndesc bine pînă nu am făcut acest pas? Acum plătesc cu vîrf și îndesat" î-mi făceam reproșuri.

Tatăl meu mă avertizase:

„Ce vreți voi să faceți e sinucidere curată! Voi nu v-ați pregătit serios pentru pasul ăsta. Unde plecați așa ca orbul în Brăila? O să vă prindă ori poliția, ori grănicerii și ve-ți ateriza după gratii. Sau poate că vă și împușcă. Gîndiți-vă bine că o să vă coste!"

„Auzi, eu sînt major și știu ce am de făcut! Nu te mai amesteca, pentru că nu-i treaba ta!" l-am repezit eu. Am ieșit pe poarta casei cu rucsacul în spate și am plecat trîntind furios poarta. Ce ușuratic am fost! La concluzia asta am ajuns mai tîrziu... din păcate.

Gîndurile mele fură brusc întrerupte de semnalul de ieșire în curte. Era spre sfîrșit de septembrie. Se părea că v-a fi o zi frumoasă, dar nu și pentru mine. Eu trebuia să ies cu ceilalți deținuți la sortat de cartofi în curte. Începusem să urăsc acești blestemați de cartofi! De două săptămîni mergea așa! Zi de zi la ales de cartofi! Mîinile mele, mai bine zis palmele, erau crăpate de lucrul cu pămînt și am început să fac bătături. De dimineața și pînă seara cu mîinile-n cartofi. Dar ce, parcă aveam încotro? La armată, a fost cum a fost, dar aici nu aveai voie să crîcnești, că o luai pe cocoașă.

Camioanele veneau unul după altul, încărcate cu cartofii din cîmp, ce trebuiau aleși pe categorii. Cei cu defecte erau pentru consum recent, ceilalți mai sănătoşi se băgau în hale ca să fie de rezervă pentru anul viitor. Mîncarea de bază la puşcărie: Arpacaş (grîu decorticat) şi cartofi fierţi în suc propriu fără sare, fără ...gust.

Un lucru relativ pozitiv în toată tărăşenia asta era faptul că aveam posibilitatea să inspir aer curat în curte, putînd şi să-mi mai mişc oasele. Timpul trecea mai uşor decît dacă aş fi stat numai pe cameră, obligat fiind să miros beşinile unuia şi altuia...sau chiar şi pe ale mele. Ştiam cum e să stai între patru pereţi, pentru că dacă afară ploua, nu se lucra. Toţi eram pe celulă şi aerul din interior devenea insuportabil.

În curte mă întîlneam zilnic cu prietenul meu Dodi. Aşa aveam ocazia să vorbim, noi nefiind în aceeaşi celulă repartizaţi.

„Na Dani, ai dormit bine?", mă întrebă el zîmbind.

„Mai bine ca acasă!", veni răspunsul meu rece.

„Hai mă, ce-i cu tine de eşti azi aşa colţuros?"

„Ce să fie Dodi? Mă bucur din suflet că mai am nouă luni, lungi şi grele de petrecut în cocina asta! Tu nu te bucuri cu mine?" am zis eu sarcastic şi am trîntit furios de pămînt un cartof. Noroc că nu m-a văzut paznicul!

Amîndoi am fost condamnaţi la 10 luni de închisoare pentru încercare de trecere ilegală a frontierei. A fost doar încercare, pentru că nici măcar nu văzusem Dunărea, fiind acostaţi la ca. 30 km de Cazane!

Eu provin dintr-o familie care a urît comunismul. Mama mi-a povestit ce au făcut canaliile de comunişti cu bunicul şi cu unchii mei în anii 50. Pe atunci se făcea colectivizarea, sau luarea cu forţa a pămînturilor şi animalelor de la proprietari. Bunicul nu voia să intre în colectiv, dar cu metode brahiale a fost obligat s-o facă. Unchii mei, fraţii mamei, au fost deportaţi în Bărăgan cu familii cu tot trăind ca nomazii ani de zile.

Trăiască comunismul...la cinci metri sub pămînt!

Deodată îmi veni un gust amar de la turtoiul pe care-l mîncasem de dimineaţă. Era normal dacă stăteam tot aplecat....

„Mişcare putorilor că vine ploaia! Şi încheiaţi cu discuţiile că nu terminaţi lucrul", zbieră gardianul.

„Ăsta-i tîmpit sau ce-i cu el? Care ploaie băi arătare că doar e soare şi frumos. Doamne ce prost am fost! Asta mi-a trebuit? Nu am putut eu să stau în banca mea? Nu, eu trebuie să plec spre Dunăre şi uite unde am ajuns, în iad", blestemam eu în gînd. Dar ce-mi mai ajutau acum regretele cînd totul era un fapt împlinit. Pentru prostie trebuie să plăteşti în viaţă. Alegînd la cartofi mă năpădiră iarăşi gîndurile.

Copilăria mea nu a fost prea plăcută. Am crescut în sărăcie şi nevoi, plus că eram şi cam bolnăvicios. Oţelu Roşu, un oraş cu tradiţie metalurgică ce predomina de două sute de ani, a fost oraşul meu natal. În fabrică era singura posibilitate de cîştigarea existenţei. Lipsa de libertate, sărăcia şi ura faţă de comunism m-au determinat să-mi aleg încă din pubertate ca ţel în viaţă, părăsirea

României. Fiind de naționalitate germană, am fost botezat la catolici. Comuniștii făceau reclamă negativă bisericii unde oamenii aveau posibilitatea să se întîlnească. Asta îi deranja pe „tovarășii", pentru că ei voiau să știe tot ce se întîmplă, să aibă controlul asupra poporului. Doar așa putea să se mențină regimul la putere. Așa cum în URSS era KGB-ul, s-a format și în România Securitatea, care avea rolul de a verifica și acționa împotriva celor care nu erau de acord cu politica ce o propagau comuniștii. Pentru mine era clar ca lumina zilei, că după ce ies din pușcărie trebuie să plec. Oricum viitorul meu în România era pecetluit. De fapt ce viitor să mai am? Eu nu mai aveam nici un viitor, fiind considerat „trădător de țară".

Paznicul dădu semnalul de încetare a lucrului. Era ora prînzului. În sfîrșit, după cinci ore de ales la cartofi, o pauză binevenită! Spatele urla, mațele î-mi ghiorăiau, stomacul țipa, dar știind ce mîncare „copioasă" voi primi, aproape că î-mi trecu pofta! Astăzi aveam în meniu o rîndunică și supă de cartofi. De fapt era o zeamă, ca de obicei nesărată, fără carne sau măcar șoric și cu niște buruieni negre care arătau grețos. Mi-am luat porția, m-am așezat pe o bordură de piatră și am început să sorb supa din lingură. Bine că măcar bucățica de pîine î-mi mai astîmpăra puțin foamea. Nu aveam încotro. Pînă seara la ora 18:00, nu mai primeam nimic! Totuși, puteam să mai primesc cîte ceva..... eventual cîteva înjurături sau palme şi picioare în partea dorsală, de la paznicii din curte!

După o jumătate de oră ne-am ridicat toţi ca la comandă şi fiecare î-şi duse farfuria şi tacîmurile de aluminiu la cazanul de spălare. Apoi în rînd, cîte doi, o luarăm spre grămada de cartofi ce ne zîmbea din mijlocul curţii. Ne aşezarăm toţi pe lăzi de lemn, ce ţineau loc de scaune şi selecţia începu de la capăt. Aşa trecură orele. La ora 18:00 se dădu semnalul de încetare a muncii.

„Doamne ajută că a trecut şi ziua de azi", mi-am zis şi m-am dus să-mi spăl mîinile. Se făcu apelul. Toţi eram prezenţi. În rînd cîte doi pornirăm spre celule. Mă cam durea spatele. Nu era uşor să stai ore în şir aplecat şi cu genunchii la gură să alegi la cartofi aproape fără pauză, ca robotul. Mi-am luat porţia de turtoi şi mestecînd încet, mă gîndeam cum va decurge următoarea noapte, eu fiind la rînd să fac de planton. Asta însemna de pază. Fiecare deţinut trebuia pe rînd să facă noaptea de pază în celulă, după ce se dădea stingerea. La ora 22:00 se oprea iluminatul principal rămînînd doar două lămpi de serviciu. De ce se făcea de pază?

Ca să nu se întîmple lucruri neprevăzute cu atîţia nebuni într-o cameră! Nu de mult reuşise un deţinut din altă cameră, să facă rost de o lamă de bărbierit cu care şi-a tăiat venele de la mînă. Probabil că l-au lăsat nervii şi credea că dacă a făcut asta o să îl elibereze. L-a găsit cel ce era noaptea de pază, într-o baltă de sînge şi a dat alarma. L-au dus la infermerie, l-au cusut şi l-au readus la viaţă.

Putea să fie şi ceartă între deţinuţi şi să se răzbune unii pe alţii noaptea. Deci paza era o măsură de securitate a oamenilor peste noapte în celulă. Nicăieri pe lume, în închisoare, nu doarme paznicul cu puşcăriaşul în cameră! Aşa, fiecare deţinut putea să joace şi rolul de gardian, avînd în acea noapte răspunderea pentru tot ce se întîmpla în cameră. Aveam un sentiment de îngrijorare, şi speram ca totul să treacă cu bine.

Astăzi însă eram liniştit pentru că nu trebuia să fiu eu cel care să aibă grijă de oameni şi am adormit repede. Trecu şi ziua următoare ca de obicei, tot la cartofi. Veni seara şi la ora 22:00 se dădu stingerea. Eu am rămas îmbrăcat şi şeful de cameră m-a instruit ce am de făcut în cazuri extreme. În primul rînd trebuia să-l trezesc pe el.

Am început să patrulez printre paturi. Chiar dacă trebuia să stau treaz toată noapte, a doua zi nu eram scutit de munca la cartofi. După o zi grea, oboseala începea să-şi spună cuvîntul. Picioarele mă dureau şi m-am aşezat pe o bancă. Încet mă apucă somnul. Noaptea era lungă. M-am uitat pe ceas: era doar ora 24:00!

Ce să fac? M-i se închideau ochii. Să mă întind şi eu puţin...După cîteva secunde m-am ridicat repede de pe pat! Dacă adorm şi mă descoperă şefu! Ce se v-a întîmpla? Nici pomeneală de somn! Făcînd această imprudenţă eram cu siguranţă băgat la carceră pentru cîteva zile. Mi-au povestit bătrînii ce-au pătimit. Carcera, o celulă de 1,50 m², inclusiv o toaletă turcească, era ceva groaznic. Mîncare şi apă primeai doar o dată pe zi. Numai la gîndul că nu aveai cum să te întinzi să dormi şi la mirosul de canal de acolo, te făcea să-ţi treacă pofta de prostii şi să respecţi regulamentul. Cu greu m-am ridicat de pe bancă și am continuat cu patrularea. Ca să mă înviorez, m-am dus la spălător şi mi-am dat cu apă pe obraz. Apoi am ieșit repede să-mi fac datoria de paznic. După un timp adormiră colegii şi începu concertul de cameră. Unii sforăiau, alţii se văicăreau, alţii vorbeau în somn, alţii trăgeau cîte o bășină. La 40 de oameni aveai ce să asculţi! De fapt erau 39, pentru că eu eram al 40-ilea. Unii povesteau romane întregi, dar într-o limbă pe care nu o puteai înţelege. Era mai mult o bolboroseală de cuvinte fără sens. Alţii se văitau ca babele, alţii rîdeau. Ce mai, ca la balamuc!

La un moment dat începu un individ să tuşească. Tusea era aşa de puternică încît cîţiva se treziră şi începură să îl înjure.

„Ce face ăsta? Poate să moară, dar după ce ies eu din pază" mi-am spus şi m-am dus spre patul lui.

Îl cunoșteam deja și l-am luat tare:

„Măi Ioane, dute-n baie şi fă ceva că trezeşti oamenii. De ce fumezi otrava aia din curte? Tu nu vezi că acuşi dai colţul? Hai dispari în baie!"

Un pitic de vreo 50 kg la 1,60 m înălţime, se coborî încet din pat tuşind. O luă cu paşi mărunţi spre baie şi închise uşa după el. Tuşitul nu se mai auzea decît vag. Eu î-mi făcea totuşi griji.

„Sper că nu face ăsta vreo minune chiar acuma cînd sînt eu de servici. Mai bine mă duc să văd ce-i cu el" şi am luat-o spre baie. Intrînd, am văzut că se spăla pe mîini. Se liniştise... în sfîrşit. Apoi ieşi şi o luă spre pat. Eu după el. Se cocoţă la etaj şi după scurt timp adormi fără să mai facă larmă.

Era un tip mai în vîrstă, spre 50 de ani. Avea o condamnare de 3 ani pentru furt. Fiind recidivist, nu avea dreptul la pachet de acasă decît o dată la trei luni. Recidivist înseamna că mai fusese condamnat şi ieşise înainte de termin pentru bună comportare. După liberare trebuia să treacă cel puţin trei ani fără o altă condamnare pentru ca pedeapsa să fie graţiată. El însă comisese între timp, după doi ani, o infracţiune şi aşa a devenit recidivist.

Raţia pe care un deţinut o primea din exterior, de la neamuri, era de 5 kg de mîncare şi 30 de pachete de ţigări pe lună. Aceeaşi raţie era şi pentru recidivişti, dar o dată la 3 luni. Ion fiind un fumător înrăit, nu îi ajungeau ţigările pentru trei luni, astfel că el aduna din curte chiştoacele şi îşi făcea cîte un trabuc cu hîrtie de ziar. Tot gudronul şi mizeria erau adunate în acestă bombă! Atunci cum să nu tuşească?

Încet se apropia dimineaţa.

„Mai am o jumătate de oră şi am scăpat!"

Eram fericit şi liniştit că a trecut noaptea fără probleme deosebite. Obosit, m-am aşezat pe un pat şi m-am rugat:

„Doamne, ajută-mă să scap de calvarul ăsta şi dă-mi putere. Dacă acuma nu mor, nu mai mor niciodată! Eu trebuie să rezist şi dacă ies, am plecat cît văd cu ochii!"

Mulţi din generaţia mea erau sătui de minciuni şi sărăcie. Cu riscul vieţii voiau să părăsească ţara. Din păcate nu era ceva chiar aşa de simplu! Controalele începeau deja de la 30 de km înainte de graniţa cu Jugoslavia şi Ungaria. Amintirile mă năpădiră...

Cu trei săptămîni în urmă ne-am hotărît, eu şi Dodi, să facem acest pas riscant, de a trece ilegal frontiera. Dodi era fotbalist. Prietenia noastră dăinuia deja de la şcoală dar despre plecare nu discutaserăm niciodată. Se auzise în oraş că o trupă de tineri pe care-i cunoşteam, a reuşit să fugă la sîrbi. Fuga din ţară era ca o boală contagioasă pentru toţi. Printre alţii eram şi eu infectat de virusul plecării. De fapt nu era plănuit ca eu să plec cu Dodi, ci cu Johann vecinul meu. Fratele lui Johann, Toni, reuşise în 1979 să fugă pe la Moldova Nouă în Jugoslavia şi după două luni ajunsese în Germania. De atunci, el revenise deja de două ori în vizită în România. Prima oară cu un autoturism, a doua oară cu altul. Pentru mine de neconceput. Aşa maşini de lux! De unde maşini de lux, că erau vechituri în Germania! Dar dacă în afară de rahaturi de maşini, produse în blocul comunist nu ai văzut altceva, sigur că astea păreau de lux.
Într-o zi se duse Toni la Shop la Băile Herculane şi cumpără bere Tuborg la cutie, Coniac Metaxa de 5 stele şi ţigări Marlborro! Lucruri de vis pentru noi cei care trăiam în România comunistă! Totul era pe valută, pe atunci mărci vestgermane. Doar străinii, şefii de partid şi securiştii aveau acces la aceste

magazine. Pe lîngă asta veni în 1980 în vizită unchiul meu din Germania, fratele mamei, cu un Mercedes ce părea o navă spaţială. El emigrase legal în 1976. Păi cum să nu înebuneşti cînd vezi aşa ceva?

În patru ani, să vină în ţară cu atîta lux şi el plecase doar cu o valiză din România! Cum să crezi că acolo e aşa de rău cum ne minţeau excrocii comunişti? Minciuni gogonate!

Toni a cumpărat pentru fratele lui un binoclu şi o busolă, lucruri necesare la acţiunea ce o plănuiam. Eu şi Johann am făcut rost fiecare de labe de scafandru, aşa că eram pregătiţi tehnic pentru evadarea pe Dunăre....cel puţin teoretic.

Încet se apropia perioada în care noi am hotărît să plecăm, luna Septembrie. Era plănuit şi locul pe unde să trecem, de fapt pe unde să înnotăm: Dunărea la Cazane.

Eu cunoşteam puţin terenul. Cu un an înainte, în luna Mai 1981, se făcuse la liceu un curs de ghizi turistici la care am participat şi eu. Am făcut-o pentru că la sfîrşitul cursului era programată o excursie cu vaporul pe Dunăre, de la Orşova la Moldova Nouă. O modalitate perfectă de a studia terenul la faţa locului fără probleme cu grănicerii sau poliţia. Era o ocazie unică de a evada, parcă servită pe tavă! Cu aşa ceva te întîlneşti poate o dată-n viaţă! Deci acum era momentul să dau lovitura. Veni şi ziua în care se încheia cursul. Fiecare î-şi primi diploma şi un carnet de ghid turistic. Pentru mine mult mai importantă decît diploma, era ziua următoare cînd se făcea excursia. Eu nu am fost niciodată cu vaporul şi acum aveam ocazia să împuşc doi iepuri dintr-o lovitură: să mă plimb cu vaporul şi să studiez terenul. Dacă se potriveşte, să și profit sărind de pe vas în Dunăre, spre libertate. Aceasta era teoria. A doua zi urma practica. Adrenalina pulsa în mine la maxim. La ora 10:00 dimineaţa ne-am întîlnit cu toţii la gară urmînd să luăm trenul spre Orşova. Am ajuns pe la prînz şi mai aveam cîteva ore la dispoziţie pînă să plece vaporul. Deci rămăsese și ceva timp de o plimbare prin oraş. La ora 16:00 trebuia să fim toţi adunaţi în port ca să ne îmbarcăm pe vapor. Eu nu aveam ochi pentru monumente sau obiective turistice, ci doar pentru Dunăre. Am găsit o cafenea pe malul apei, m-am așezat pe un scaun și mi-am comandat o cafea. Mă uitam cu jind la malul sîrbesc, care deşi era departe, se putea vedea clar. Mă visam dincolo în libertate, dar nu era nimic de făcut. Era ziuă și albia Dunării avea peste 2 km lăţime.

La Orșova, înainate de barajul „Porţile de Fier 1" Dunărea era împărţită în două braţe. Cîţiva fugari, care nu ştiau și au crezut că dacă trec înot şi ajung pe uscat, sînt pe teritoriul sîrbesc. De unde, nici pomeneală! Fiind noapte, ei au înotat direct în braţele grănicerilor români care s-au bucurat că au ceva activitate. I-au legat pe băieţi de calorifere şi le-au dat picioare şi pumni ca să-i sature de fugă spre occident. Cu cît soldaţii prindeau mai mulţi indivizi ce încercau să fugă, cu atît primeau recompense mai mari la soldă, deci prime în bani, sau permisii. Cei care făceau serviciul militar pe graniţă erau oameni „de încredere", fără neamuri în străinătate aduşi din Moldova şi Bărăgan.

Dar să revenim la subiect. Se apropia ora 16:00 ora îmbarcării. Organizatorul cursului citi lista de pasageri. Eram toţi prezenţi. După ce am urcat, cu smucituri în toate direcţiile şi zgomot de război, porni vaporaşul în contra curentului, spre Moldova Nouă. Totul era splendid, vremea, natura. Mai puţin frumos era faptul că pe vas cu noi a urcat la Orşova şi un grănicer, ce avea o frumoasă mitralieră pe umăr! La un moment dat ne adunarăm toţi pe punte el ţinu un scurt discurs prin care ne anunţă să nu încercăm să sărim de pe punte în apă, pentru că el are muniţie reală şi are ordin să tragă. La această ştire surprinzătoare am simţit un fior din creştet pînă în picioare.

„Hopa, că nu-i de joacă. Trebuie să fiu atent. Să vedem ce o fi mai departe. Să mă comport ca şi cum ar fi totul normal", gîndii eu.

Încet veni seara şi odată cu ea se apropia vasul de zona Cazane. Aici, cu fiecare kilometru parcurs, albia Dunării se îngusta. În acelaşi timp, în stînga şi în dreapta, apărură pe rînd stîncile, ce în umbra serii păreau munţi. Era un peisaj înfricoşător. Cerul devenise noros şi se pregătea de ploaie. Toţi se retraseră la scuteală în pîntecul vasului. Pe punte mai eram doar eu şi soldatul la o ţigară. I-am povestit cum am dus-o eu timp de 19 luni cît făcusem stagiul militar şi astfel am creat o atmosferă de încredere. La un moment dat mi-a spus că trebuie să meargă la toaletă și că vine imediat. Pulsul meu urcă simțitor și tot corpul trepida în tensiune maximă. Întunericul pusese stăpînire pe natură. Totuși nu era chiar beznă totală, puntea vasului fiind slab luminată de proiectorul ce lumina în direcția de mers.

În creierul meu avu loc o luptă acerbă:

„Ce să fac acuma? Să sar, să nu sar? Malul sîrbesc e la cel mult la 100 de metri distanță. Dacă sar, vreo 10 metri fac sub apă, mai dau de cîteva ori din mîini și sînt dincolo! Dar ce se întîmplă dacă între timp vine soldatul și mă vede? Ăsta trage fără milă și numai bine rămîn hrană pentru somnii din Dunăre. Dar ce o să se întîmple cu profesorul? Îl vor face pe el răspunzător și îl dau afară din învățămînt! Nici acte nu am, că sînt la el! Și apa asta, ce urîtă și murdară e! Dar dacă mă prinde un vîrtej și mă trage la fund sau mă trage curentul spre elice? O să ies după vreo cîțiva metri sub formă de carne măcintă! Să mor acum, aici? Nu vreau!”

Poate că dacă ar mai fi fost un candidat la evadare ca și mine, am fi sărit împreună. Dar așa, eu singur și fără acte....

Nu era ușor să iau o hotărîre definitivă. Ezitarea mea se evaporă rapid, în momentul în care apăru grănicerul pe punte! Cu asta era clar că nu mai am nici o șansă de evadare, fiind doar o încercare de sinucidere. Cel puțin reușisem să văd locurile. Din acest moment hotărîrea mea deveni clară:

„Aici e locul unde pe unde voi trece!”

Am ajuns cu bine noaptea pe la ora 22:00 în port la Moldova Nouă de unde ne-a luat un autobuz și ne-a dus la gară. Apoi, cu trenul am luat-o spre casă. Ăsta a fost primul contact cu Dunărea și visul meu lua încet contur.

Piticul mai tuși o dată și eu mi-am revenit la realitate.

„Ce prost am fost că n-am sărit atunci! De cînd eram liber și nu eram obligat să păzesc turma asta de hoți și de excroci!"

Sforăitul oamenilor continua fără întrerupere. Încă un sfert de oră ....

„Doamne ajută că nu s-a întîmplat nimic. Mulțam Doamne că ai fost alături de mine."

La ora cinci și jumătate sună goarna de trezire, acesta fiind și semnalul de încetare al pazei pentru mine. Am răsuflat ușurat.

Peste cîteva zile, în loc să ieșim în curte la cartofi, am rămas cu toții în celulă. Șeful de cameră ne anunță să ne așezăm pe paturi și să așteptăm în liniște. La un moment dat, cu scîrțîituri ca în filmele de groază, se deschise ușa celulei și trei paznici intrară înăuntru. Unul din ei începu să urle:

„Toată lumea să vină în față și vă aliniați cu fața la perete. Nu vorbiți între voi și pînă nu auziți vreo comandă, nu face-ți nici o mișcare!"

Eu am rămas surprins. Ce să fie și asta? Rapid am fugit toți în față și ne-am aliniat. Imediat începu harababura. Paznicii dădeau peste cap saltele și perini, căutau în baie, cabinele WC, peste tot. De fapt din baie începuseră să controleze și mergeau spre ieșire. După vreo jumătate de oră ieșiră din celulă și ușa se închise după ei.

„Da ce să mai fie și asta?" l-am întrebat pe Anton vecinul meu de pat.

„Ce să fie, ce să fie" răspunse el cam nervos.

„Nimic deosebit, doar un control de rutină. Odată pe lună vin ăștia să verifice dacă nu avem cuțite, lame, sau chibrituri la noi. Toate astea îs interzise" zise el.

„Măi Toni, ce viață grea avem! Numai interzisuri!", am zis eu mai în glumă, mai în serios.

„Asta s-o crezi tu că aici e viață grea bobocule! Dacă-ți povestesc prin ce am trecut eu, nu știu dacă ai să te mai vaiți ca o babă", veni răspunsul promt de la Anton.

„Păi atunci dacă e așa, hai povestește, ce mai stai!"

„E o istorie mai lungă. Altă dată, cînd avem mai mult timp. Acu trebuie să ieșim iar la cartofi. Poate duminică."

„Ok, cum zici", am replicat eu cam dezamăgit și am continuat să-mi aranjez salteaua care era toată zăpăcită. De fapt ce saltea, că era un sac umplut cu paie, la fel și perina. Setul era complectat de o pătură toată jerpelită pentru acoperit. Ca la hotel....hotel tufă!

Asta de fapt nu mai avea importanță prea mare pentru că la sfîrșit de săptămînă, duminică, era zi de vorbitor. Primul vorbitor din „cariera" mea de pușcăriaș. O întîlnire cu cineva dintre ai mei de afară, din libertate.

Timpul trecea greu. Orele păreau zile, zilele săptămîni. În sfîrșit, veni seara de sîmbătă. A doua zi urma revederea plus mîncare bună de acasă! Nu știam cine v-a veni. Dar oare o să vină cineva?
Ce să mai pot eu dormi! M-am învîrtit toată noaptea în pat încoace și încolo avînd grijă totuși să nu-mi deranjez vecinii.

Cap. II

„E mai bine să ajungi la destinație din trei salturi, decît să încerci dintr-unul și să-ți rupi piciorul"
(Proverb marocan)

Noaptea de sîmbătă pe duminică se lungi la maxim. Neputînd să dorm, mă copleșiră din nou gîndurile.

Planul era definitivat. Eu și Johann hotărîsem să o luăm spre Dunăre la sfîrșit de August sau început de Septembrie. Nopțile nu erau prea reci și ziua nu mai era arșița așa de puternică. De fapt trebuia să umblăm noaptea pentru că ziua ne săltau mult mai ușor grănicerii. Ne întîlneam din cînd în cînd la el acasă și discutam planul de bătaie. Am ajuns la hotărîrea ca acțiunea să aibă loc pe data de 01 Septembrie. Cu două săptămîni înainte de data plecării, explodă bomba!

Trecînd seara pe la Johann, îl văd că mă așteaptă la poartă în cîrje și cu piciorul în gips!

„Omule, ce ai făcut?"

„Ce să fac? Am alunecat pe scară și mi-am fisurat osul de la călcîi. Acuma nu am încotro. Trebuie să îl las patru săptămîni în gips și încă două nu am voie să-l forțez."

„Oh, nu-i adevărat! Înseamnă că totul pică. Nu poți merge pe coclauri 50 de km în halul ăsta!", am zis eu total decepționat.

Cu acestă veste „minunată" erau îngropate toate planurile de plecare.

„Aşteptăm, că nu-i nimic de făcut! Eu nu renunţ la ţelul meu, indiferent ce se v-a întîmpla", mă gîndeam eu.

După vreo cîteva zile, l-am vizitat pe prietenul meu Dodi. Dodi era însurat. Helen, soţia lui, avea neamuri în Germania şi America. Noi nu discutaserăm niciodată despre plecare sau pe tema evadării din ţară. Chiar în ziua aceea, primise Helen o scrisoare de la mătuşa din Germania şi la o cafea începu discuţia despre occident. Eu m-am abţinut şi nu am zis o vorbă despre planurile mele. Helen era foc şi pară să plece. Dodi nu era prea încîntat, el fiind român şi cu germana nu le avea. În plus juca fotbal la o echipă în divizia B şi era destul de bine plătit. Lor nu le mergea rău financiar. Dar femeia dacă vrea ceva, poate prosti şi o armată de bărbaţi. Într-un tîrziu zise Dodi că ar fi totuşi dispus să rişte fuga peste graniţă. Dezamăgirea lui era mare pentru că era mai mult pe banca de rezerve. Ca peste tot în comunism, trebuia să ai pile ca să joci în echipa de bază. Mai bine să joace fotbal în occident, că acolo sînt alte condiţii, zise el. Helen primise cu două luni înainte un pachet de la mătuşa ei din Germania şi voia neapărat să vadă cum e acolo. Deci situaţia era propice pentru mine ca să joc cu cărţile pe masă. Asta era o variantă ca totuşi să nu plec singur. Cu cine să discut, cînd nu puteai avea încredere nici în umbra ta? Peste tot erau informanţi ai securităţii care urmăreau şi ascultau ce se întîmplă. Deci am pus punctul pe i:

„Măi fraţilor. Eu am tăcut şi v-am ascultat pînă acum. Eu plănuiesc să fug din ţară. Anul trecut am făcut o excursie pe Dunăre de la Orşova pînă la Moldova Nouă. Am trecut cu vaporul pe la Cazane şi vă spun că Dunărea are acolo cel mult 250 de metri lăţime. Dacă ai sărit în apă imediat eşti pe malul sîrbesc. Cu labe de scafandru se reduce timpul la jumătate. Din păcate nu am avut curajul să sar pentru că eram singur, fără acte şi pe vapor era un soldat grănicer. Decît să mă sinucid, mai bine am lăsat-o baltă. Eu programasem să plec cu vecinul meu pe 01 Septembrie, dar deşteptul ăsta şi-a rupt piciorul şi îl are în ghips. Deci nu mai am partener. Fratele lui a venit din Germania în vizită şi i-a adus un binoclu şi o busolă. El ne-ar fi aşteptat la sîrbi şi ne-ar fi dus direct în Germania. Dar am avut ghinion! Eu vorbesc cu Johann şi încerc să-l conving să-mi vîndă busola, compasul şi labele de scafandru. Dodi vii cu mine?"

Cîteva secunde trecură fără nici o reacţie. Cei doi erau ca paralizaţi. Dodi î-şi reveni primul şi zise:

„De ce mă întrebi numai pe mine? Să vină şi Helen că doar e nevasta mea!"

„De ce? De trei lei şi jumătate. Mă enervezi deja! În primul rînd nu avem decît două perechi de labe. În al doilea rînd, cum o iei tu pe ea la aşa un drum lung şi periculos? Tu ştii că de la 30 de km de graniţă încep deja controalele? Noi trebuie să mergem cel puţin 50 km pe picioare, să umblăm noaptea şi ziua să stăm ascunşi. Crezi tu că o să reziste ea la acţiunea asta? Ce facem dacă i se face frică sau trebuie să fugim ca să nu ne prindă grănicerii? O să fugă ea tot așa de repede ca și noi? Dacă nebunii ăia o prind, o mai și violează, că ăștia nu au multă minte în cap. Dacă vrei să vii numai tu, e bine, dacă nu, o lăsăm baltă. Nu am chef de probleme. Asta nu-i joacă de copii. Eu nu-mi iau răspunderea!"

Din nou liniște. Dodi se uită la Helen și îi zise într-un tîrziu:

„Dani are dreptate. E mult mai periculos dacă vii și tu. Mai bine rămîi aici și în cel mai scurt timp o să te iau dincolo. Dacă nu reușim, măcar ești tu în libertate."

Ea rămase cam dezamăgită, dar acceptă. De fapt, nu avea de ales.

„Așa facem. Mergem doar noi doi. Hai să ne uităm pe hartă să facem traseul" zise el entusiasmat către mine.

Apoi scoase din dulap o hartă a României și o puse pe masă. Ne uitarăm noi cam pe unde sînt Cazanele. Ulterior am schimbat traseul, pentru că auzisem că tot mai mulți încercau pe acolo să treacă și că paza s-ar fi dublat. Exista încă o posibilitate, din Băile Herculane cu autobuzul pînă la Șopotul Nou. De acolo pînă la Dunăre aveam cam 25 de km, dacă totul decurgea fără surprize.

Ziua plecării a rămas stabilită pe 01. Septembrie. Ca să nu bată la ochi ne-am luat amîndoi o săptămînă de concediu de la fabrică. În seara de 31 August ne-am întîlnit la gară și am luat trenul spre Caransebeș. După cîteva ore de așteptare am urcat în rapidul de

București. Totul decurse bine. Am coborît la Băile Herculane și din autogară am luat dimineață la 7:00 autobuzul în direcția Cărbunari, Șopotul Nou. De acasă ne-am înțeles, în cazul în care vom fi prinși pe traseu, să spunem că vrem să ajungem la cheile Nerei. În autobuz călătorii se cam uitau chiorîș la noi, dar noi povesteam bancuri și nu aveam nici o grijă. Ajungînd în Șopotul Nou am coborît. Întrebarea era încotro să o luăm? Spre nord erau Cheile Nerei spre sud Dunărea. Am scos busola și ne-am orientat spre sud. Vremea era frumoasă, soarele ne zîmbea și noi erau în al nouălea cer că toate au mers așa de bine....pînă acum. Dar în cîteva clipe totul se transformă într-o tragedie!

Pe drum, în direcția spre care o luasem noi, apăru o uniformă. Un tablagiu de poliție ne venea în cale!

„Dodi uite cine vine! Un polițist! Am sfeclit-o. Ăsta ne bagă la răcoare. Hai să fugim!" am spus eu.

„Stai mă ușor. Unde vrei să fugi? Atunci chiar că o să-și dea seama ce avem de gînd și ne prinde. Lasă că mă duc eu la el și-l întreb de cheile Nerei", zise Dodi. Zis și făcut. O luă el spre polițist și-l întrebă de Cheile Nerei. Tablagiul îl privi de sus și pînă jos și îi răspunse:

„Măi băieți, păi voi ați luat-o în direcție greșită. Cheile Nerei sînt spre nord, nu spre sud. Dar dacă tot sîntem aici, ia spune tu ce ai acolo în rucsac?" zise el către Dodi.

„Păi ce să am? Ceva de mîncare, apă și o pelerină de ploaie."

„Tu spui că mergeți la munte? Știți voi ceva? Înainte de a pleca mai departe aș vrea să văd conținutul rucsacelor voastre. Ia veniți voi la post cu mine că-i aici imediat în drum."

„Asta a fost! Sîntem pierduți!", gîndii eu și din păcate aveam dreptate. Ne luarăm după polițist și ajunserăm la post. Tablagiul ne conduse într-o cameră și ne dădu comanda clar și răspicat:

„Na, goliți aici pe masă rucsacele! Aveți la voi buletine?"

Amîndoi am pălit de parcă eram dați cu făină.

„Da avem" și le-am pus pe masă.

„Ia să vedem pe cine avem noi aici" zise el și încercă să citească numele meu de familie:

„Ma..lar..csek. Ce dracu de nume e ăsta, turcesc?"

„Nu, german" am răspuns eu.

„Hm. Nu am mai auzit."

„Nici nu e de mirare la nivelul creierului tău de bibilică" am gîndit eu.

Golind noi rucsacele, pe lîngă binoclu și busolă ieșiră la iveală și labele de scafandru! La vederea acestora polițaiul se schimbă la față.

„Hopa, hopa. Dănilă și Dodilă urcă pe munte cu labe de scafandru. Interesant."

Într-o clipită sări și-l luă de guler pe Dodi strigînd la el:

„Măi popicarule! Voi mergeți la munte și vă trebuie binoclu? Ia uite frate, aveți și busolă! Ohohooo și labe de scafandru! Ce să face-ți cu ele, să înotați în apă pînă la genunchi? Pe dracu cheile Nerei! Mincinoșilor! Dunărea e obiectivul vostru și la sîrbi!

A-ți vrut s-o tăiați peste graniță și vreți să mă prostiți pe mine! Pești ca voi am prins eu destui. Na stați că vă dau eu numa occident, trădătorilor!"

„Tu vii cu mine acuma" zise el către Dodi și ieșiră împreună din cameră. După vreo cinci minute reveni polițaiul în camera unde eram eu.

„Tu, scrii aici o declarație ce a-ți vrut să faceți, adică să treceți Dunărea înot și să fugiți peste graniță. Prietenul tău dă și el declarație. Dacă nu scrii ce eu ți-am spus, te frămînt ca pe aluat! Și vezi nu uita să o semnezi. Ce mă, nu vă mai ajunge aerul aici în țară? " zbieră el către mine și-mi aruncă o foaie de hîrtie cu un pix pe masă.

„Tovarășul plutonier. Noi am vrut să mergem pe cheile Nerei", veni răspunsul cam obraznic din partea mea. Polițistul se uită la mine ca stupefiat. Culoarea obrazului deveni mai întîi pămîntie, după care se înroși brusc ca o pătlăgică.

„Măi zevzecule! Și un copil de grădiniță știe că la munte nu se merge cu labe de scafandru. Unde-i cortul și sacul de dormit? Păi ce, aici sîntem la tîrg? Tu ești hoțul și eu prostul? Nu ne tîrguim noi. Scrie acolo că dacă nu dai de dracu!"

„Nu scriu eu așa ceva!" veni promt răspunsul meu.

„Ce face? Ai și tupeu să mă contrazici? Păi atunci stai că am eu ac și de cojocul tău."

Veni către mine și pe nerăsuflate î-mi trase o palmă peste ureche. Am rămas paralizat. Capul î-mi vîjîia dar nu am avut timp să mă desmeticesc pentru că urmară încă două directe, una de stînga și una de dreapta. De furie, făcu tablagiul la gură deja spume și începu să transpire abundent. La ultima lovitură, din instinct am ridicat mîinile ca să mă apăr și din recul, îi sări de pe cap bătăușului chipiul. Nebunul se opri și se aplecă să-l ia de jos. Cu toate durerile ce le-am avut nu m-am putut abține și am zîmbit. Ghinionul meu! Chiar în acel moment m-a privit și m-a văzut că zîmbesc.

„He,he,he, așa deci. Firea-i tu al dracului să fii de rahat plouat, î-ți mai arde și de rîs. Na stai că acuma începem balul bobocilor. Las că o să-ți piară ție rîsul."

Își dădu jos haina, își suflecă mînecile și luă de pe masă o labă de cauciuc. Eu bănuiam ce o să vină. Am reușit să blochez prima lovitură, dar cu a doua m-a prins direct la coaste. Asta m-a dat gata. M-am muiat ca o cîrpă și era să leșin că nu mai primeam aer. Noroc că bătăușul s-a oprit. Era el mic și îndesat, chiar puțin obez, dar lovea bine. În direcția asta erau școliți polițaii ca și securiștii. După cîteva momente de respiro zise el către mine:

„Na ce zici barosane? Văd că ți-a cam trecut rîsul. Fii atent. Eu merg acuma la masă și mă reîntorc în jumătate de oră. Prietenul tău a scris deja declarația. Dacă nu scrii ce eu ți-am spus, bat la tine ca la covoare. Gîndește-te bine ce faci!", urlă el și ieși trîntind ușa. În capul meu nu mai era de loc ordine. Urechea î-mi vîjîia, coastele mă dureau și creierul era blocat. M-am așezat pe scaun, tremurînd ca un pui de gostat.

„Ce să fac? Să scriu ce a zis cretinul ăsta? Păi asta e condamnarea mea la închisoare! O fi scris și Dodi?"

Deodată se deschise brusc ușa. Eu am sărit instinctiv în picioare!

„Ce, ăsta e deja aici? Eu nu am scris încă nimic! Acuma precis vine seria a doua cu nebunul" gîndii eu, dar am rămas surprins pentru că în loc să fie polițistul era un cetățean în civil. Omul intră și se așeză pe scaun. La un moment dat zise către mine:

„Măi băiete, de ce-ți faci viața grea și nu scrii declarația așa cum el ți-a spus? Dovezile sînt clare. Pe cine crezi că vei prosti că a-ți vrut să mergeți pe cheile Nerei? Hai, dacă nu aveați labe de scafandru cu voi, dar astea v-au rupt capul. Colegul tău a scris și a scăpat ușor. Pînă la urmă tot vei scrie și dacă nu, ăsta te bate măr. Nu fă pe viteazul că n-ai nici o șansă. Chiar pe aici v-ați găsit să veniți unde e plin de sate!"

Aici se opri și-și aprinse o țigară apoi î-mi întinse și mie pachetul. Cu mîna tremurîndă am luat una, am aprins-o și am tras cu nesaț din ea. Deși î-mi era foame și sete, de o țigară aveam mai multă nevoie ca să mă calmez cît de cît.

„Omul are dreptate. Dacă Dodi a scris trebuie să scriu și eu că altfel vine cretinul și mă bate iară."

Am luat de pe masă pixul și am scris declarația așa cum o ceruse polițaiul și care de fapt era adevărul: noi am plecat cu gîndul să ajungem la Dunăre și să trecem ilegal în Jugoslavia. Nici bine nu am terminat declarația și în ușă apăru „prietenul" meu în uniformă.

„Na, cum stăm? Eu am mîncat bine, mi-am refăcut forțele și sînt pregătit să trecem la repriza a doua de box. Ce zici tu? Acuma și așa sîntem amîndoi deja încălziți. Mai facem una mică, mititică?", zise el rînjind.

„Ba, mulțumesc frumos de invitație. Mi-a ajuns prima. Nu mai am nevoie de masaj. Am scris declarația așa cum mi-ați spus."

„Ei, vezi că se poate și fără bumbăceală. Dacă scriai de la început nu era nevoie să mă verifici pe mine dacă știu să bat. Așa e în regulă", zise el cu un zîmbet satisfăcut, după ce citi conținutul declarației.

„Imediat vine și celălalt scafandru, vă face-ți bagajele și mergem la Oravița."

„De acolo.... o să ne lase acasă, nu?" am întrebat eu cu jumătate de gură.

„Asta nu pot să-ți spun. Dacă ăia decid să vă lase, eu nu am nimica împotrivă" zise el și părăsi camera.

După vreo cinci minute intră Dodi și veni către mine să mă îmbrățișeze. Eu însă m-am tras un pas înapoi.

„Ce-i cu tine omule? De ce te tragi?" întrebă Dodi.

„Păi cum să nu mă trag mă, cînd noi vorbim una și alta facem? Nu era vorba că și dacă va curge sînge rămînem la varianta că noi am vrut să mergem pe munte? Și tu spui imediat adevărul! La asta nu m-am așteptat de la tine!"

„Stai așa puțin Dani. Polițistul mi-a zis mie că tu ai dat declarația că am vrut să fugim. Eu ce era să cred? Am luat și eu două palme și atunci m-am gîndit, de ce să iau pe piele degeaba? De unde să știu eu că el ne-a mințit pe amîndoi?"

„Excrocul dracului! M-a frămîntat ca pe un aluat. Și acuma încă îmi vîjîie capul. Mi-a tras una direct peste ureche. Mai tîrziu a luat o labă de cauciuc de pe masă și mi-a dat pe unde a apucat. Mă cam dor coastele în dreapta, că m-a prins nepregătit. Acuma, ce să mă mai plîng. Ce vine, vine și gata. Nu mai pot de foame și sete. Vreau să mă întind că sînt mort de oboseală."

„Nici mie nu-mi merge mai bine. Poate ne lasă totuși de la Oravița acasă", zise Dodi gînditor.

În acel moment se deschise ușa, apăru tablagiul și ne escortă în curte unde ne urcarăm în mașină. Pînă la Oravița ne-a trebuit aproape o oră. Ajungînd la miliție, am coborît și imediat am fost predați în primire la arest. Curelele, șireturile și rucsacele ne-au fost luate și un paznic ne-a dirijat spre celula care avea să ne fie „camera de hotel" timp de cîteva zile. Contactul cu celula de la arest a fost dezastruos:

O cameră de 3x3 metri, cu două paturi supraetajate. Deși afară era încă soare pe gemulețul cu gratii, de 40x40 cm, nu pătrundea decît foarte puțină lumină. Atmosfera aducea aminte de o cîrciumă de mahala cu aer îmbîcsit și miros de mucegai. În această întunecime, unde lumina doar un bec de 25 de Wați, devenirăm amîndoi la scurt timp depresivi. Cel mai afectat eram eu. Mă dureau toate oasele. Nici nu era de mirare după ce polițaiul î-mi făcuse un masaj multiplu, cu palma, cu pumnul și cu laba de gumă. Î-mi era rău și m-am întins imediat pe așa zisul pat. De fapt pe sacul ce ținea loc de saltea, dar care pentru mine în acel moment era lux. După tot stresul negativ pe care-l aveam de 24 de ore, important era să mă pot întinde și să am puțină liniște. Încet se apropia seara și cu ea speranța că o să primim ceva de mîncare și apă de băut. Eu ațipisem deja cînd un zgomot bizar mă trezi brusc. Era geamul de la ușa celulei care scîrțîia din toate încheieturile. Un paznic ne spuse să ne luăm porția de mîncare de pe tavă. La această știre pozitivă, sărirăm amîndoi de parcă am fi avut arcuri în picioare. În sfîrșit o știre bună: cina era servită. Cu nesaț, sorbirăm amîndoi o lingură de supă, dar aproape concomitent am și scuipat-o de parcă era otravă.

„Ce porcărie mai e și asta? Asta e mîncare? Nici porcii mei nu o mănîncă. Oaaahh! Î-mi vine să vomit dar nu am ce că stomacul e gol" am strigat eu.

„Să știi că ai dreptate. Așa o mizerie de cînd sînt nu am băgat în gură", zise Dodi.

Supa, o apă chioară, nesărată și fără o urmă de carne, avea gust de făină. Chiar și așa flămînzi cum eram am lăsat deoparte această „delicatesă" și ne-am îndreptat atenția către „felul doi". Era o bucată ce arăta ca o prăjitură dar avea gust de făină de porumb, pe scurt mălai. Oricum avea un gust acceptabil în comparație cu supa. Era renumitul Turtoi.

„Ăsta mai merge, dar e cam puțin. Dacă așa continuăm să ne hrănim mai departe avem, toate șansele în scurt timp să fim schelete ambulante", am zis eu cu o undă de ironie. Chiar dacă stomacele strigau de foame, oboseala și stressul erau mai puternice, astfel că ne-am întins să dormim. Cînd somnul era mai adînc, ne trezi brusc ușa celulei prin care trecu un cetățean ce se așeză pe un pat liber. Cu același zgomot de fiare neunse, se închise din nou ușa și liniștea se instală. Noul vecin era un bărbat cam la 40 de ani, brunet și bine făcut. Nu dură mult și așa cum e românul comunicativ, intrarăm în vorbă. Așa am aflat noi că George era de pe lîngă Oravița și a încercat cu încă un prieten să treacă ilegal frontiera nu departe de oraș. Din păcate el a fost prins. Din fericire pentru prietenul lui, acesta a reușit să treacă la sîrbi. Ne-am povestit fiecare istoria și la un moment dat am zis eu către el:

„Știi, polițaiul de la Șopot a zis că s-ar putea să ne lase mîine acasă. De-abia aștept să fac o baie și să mănînc ceva consistent că aici ne dau ăstia numai specialități."

„Și tu l-ai crezut? Asta a spus-o numai ca să aibă liniște, să nu vă treacă prin cap cumva să încercați să fugiți pînă el vă predă aici la arest. Nu aveți nici o șansă să plecați undeva, pînă nu v-au făcut ăstia procesul și vă condamnă. De fapt asta e valabil și pentru mine. Lasă visurile că sub șase luni condamnare nu o să primiți."

„Da de unde știi tu asta? Ai mai fost condamnat?"

„Bineînțeles că știu și nu vorbesc din pungă. Acu cinci ani m-au condamnat pentru o bagatelă. Am luat și eu o tablă din fabrică și mi-au dat șase luni.

De aici știu. Nu că eu sînt deștept, dar ăsta e mersul lucrurilor", zise Geo. La auzul acestei știri ne-am întors cu fața la perete și nici unul nu mai scoase o vorbă. A doua zi dimineață la micul dejun veni bucata de Turtoi, la prînz primirăm și o „rîndunică" iar supa era ceva mai bună. De foame mergea. Rîndunica era a opta parte dintr-o pîine. De fapt semăna cu o coadă de rîndunică și nu era nici mai mare ca dimensiune. Pe zi ce trece ne obișnuiam tot mai mult cu gîndul că în următoarele luni, așa v-a continua viața noastră, în captivitate. O dată pe zi aveam acces la aer. Pe o suprafață de 25 de metri patrați sau 5 x 5 m, în curtea interioară acoperită cu plasă, ne mai dezmorțeam oasele timp de jumătate de oră. Umblam ca leii în cușcă! Era bine și așa. În dugheana aia de celulă, cu geamul așa de mic, nici aer nu primeam cum trebuie. Era cald și puțea. După patru zile ne strigă paznicul:
„Daniel și Dodi, treceți la vorbitor. Au venit părinții în vizită."
La această știre am sărit amîndoi de pe pat și am ieșit la vorbitor. Speranța că o minune se va întîmpla ne umplu sufletul de bucurie. Din păcate ea a fost de scurtă durată pentru că tatăl meu mi-a dat de știre că nu se mai poate face nimic. El a încercat să-l cumpere pe procuror cu 10.000 de lei dar era prea tîrziu. Mama lui Dodi fiind secretară de partid, încercat să-l scoată pe relații! Ce cretină! Cine să-și fi riscat funcția ca să scape de pușcărie doi „trădători de țară"? Nimeni nu era așa de prost, dar mama lui Dodi nu judecase și dădea vina pe mine că

eu l-aş fi influenţat. Parcă nu eram amîndoi maturi şi vaccinaţi! După vizită, pe drum înapoi spre casă, a izbucnit o ceartă între părinţii noştri. Într-o curbă, tatăl meu pierdu controlul volanului, autoturismul răsturnîndu-se. Din fericire au scăpat toţi cu bine. A rămas doar paguba materială pe socoteala noastră. Bineînţeles că asta am aflat însă mult mai tîrziu, după liberare. Deci nu ne rămase altceva decît să aşteptăm ziua procesului. Aşa cum ne-a spus George, am fost chemaţi la proces. Amîndoi am primit 10 luni de condamnare pentru încercare de trecere ilegală frontierei. În ziua următoare am fost convocaţi să ne luăm lucrurile de la magazie şi am urcat împreună cu mai mulţi „colegi de breaslă" condamnaţi ca şi noi, în autobuzul care urma să ne ducă spre închisoarea Popa Şapcă, la Timişoara. Astfel s-a încheiat prima parte a coşmarului. Era ca în filmele americane, numai că pe noi nu avea cine să ne elibereze, atacînd autobuzul şi paznicii!

Luna Octombrie î-şi arăta frumoasa faţă, cu soare şi căldură, eu însă nu puteam profita prea mult şi nici timp de visare nu aveam pentru că eram intensiv preocupat cu alesul cartofilor. Într-o seară, ne spuse şeful de cameră că în dimineaţa următoare vom rămîne cu toţii pe celulă. Cică se v-a face un comunicat de urgenţă.

„Precis ne spune că vine amnestia şi ne dă drumul acasă", am făcut eu haz de necaz.

„Da da, visează tu liniştit mai departe. Tu eşti de o lună aici şi vrei deja să mergi acasă. Ce vrei tu, că aici e hotel în comparație cu ceea am pătimit eu în anii 50. Nu te mai văicări ca o fată mare!", zise Toni.

„Păi ce ai pățit tu Toni? Hai povestește"

„Lasă, nu acuma că nu e timp și e o istorie destul de lungă. Deseară."

În aceea clipă se deschise ușa celulei și trei paznici intrară. Se făcu o liniște mormîntală și toți ciulîră urechile. Unul din ei începu să vorbească:

„Ascultați bine și băgați la ureche. De luni încolo, la o crescătorie de porci în satul Birda, se construiesc cinci hale noi. Pentru asta avem nevoie de sudori, de săpători de gropi și de oameni care se pricep la zidit. Cei care se hotărăsc să se înscrie, au avantajul că timpul trece mai ușor, sînt la aer curat și primesc mîncare mai bună, plus o jumătate de pîine în loc de o rîndunică. Nu vă faceți iluzii că dacă sînteți afară ve-ți reuși să și evadați. În 10 ani au reușit doar doi, dar a doua zi au fost prinși, bătuți bine și au mai primit trei ani peste pedeapsa lor. Și acolo e pază, totul fiind închis pe două rînduri cu gard de sîrmă ghimpată. Deci, cine se pricepe la meseriile enumerate, să se treacă pe listă la Gheorghe. Gheorge faci lista și o dai la colegii care sînt mîine de servici" zise paznicul către șeful de cameră.

„Așa fac, să trăiți" și boactării ieșiră din cameră.

Cum se închise ușa după ei, am început toți dintr-o dată să vorbim, de nu se mai înțelegea om cu persoană. La un moment dat era ca la tîrg și șeful de cameră țipă pe noi:

„Măi gîștelor! A-ți înebunit? Ce-i aici, piață? Liniștiți-vă! În jumătate de oră să vă hotărîți dacă vreți să lucrați pe șantier sau nu. Cine vrea, să vină la mine să-l trec pe listă."

Eu eram în dubiu. Ce să fac? Știam să sudez și mă pricepeam și la zidit, pentru că lucrasem acasă. Pînă la urmă m-am hotărît pentru zidit. La sudură putea să fie dăunător pentru ochi și era și pericol de arsuri.

„E mai bine să ies de pe cameră. Timpul trece mai ușor și mîncarea o să fie mai bună. Asta și fac. Mă duc să mă înscriu" și m-am dus în față la șef. Era vineri. De luni începea munca pe șantier. Toni nu se înscrisese la muncă și după cină, eu nemaiavînd răbdare l-am tras de limbă să ne povestească istoria lui din anii 50.

„Toni, acuma avem timp. Hai că m-ai făcut curios. Stai jos și povestește-ne istoria ta."

„Ah, nu prea am acuma chef, dar dacă am promis.... No bine, hai să vă povestesc."

În jurul lui Toni se mai postară încă trei ascultători și el începu să povestească:

„Era spre sfîrșitul anilor 50. Dacă bine mai î-mi aduc aminte, așa prin vara lui 58. Eu eram jandarm, șef de post la mine în sat și nu pot spune că-mi mergea rău. Primeam din toate părțile produse naturale, salarul era bun și prea mult nu aveam de lucru că, na, satul era mic și ne cunoșteam toți. Colectivizarea încă nu era încheiată și noi mai aveam cîteodată ieșiri în alte zone unde erau probleme cu țăranii. Așa a fost și atunci. Într-o localitate la vreo 80 de kilometri, erau cîțiva ce nu vroiau să intre în colectiv. Pentru asta trebuiau convinși, cu binele sau răul. Ei au preferat răul, fugind în pădure și luînd cîteva puști de la un post de jandarmerie.

Am primit telefon să ne pregătim că în două ore vine un camion să ne ia și să ne ducă la locul cu pricina. Am vorbit cu subalternul meu să meargem fiecare acasă, să ne luăm pachet de mîncare, apă și ceva haine de schimb. Nu știam cît v-a dura tot balamucul și trebuia să fim pregătiți. Ne-am luat catrafusele și ne-am întîlnit din nou peste o oră la post. Am luat fiecare cîte un pistol și o mitralieră, muniție, am închis seiful de arme și am ieșit afară să așteptăm mașina. A venit camionul, ne-a luat și împreună cu ceilalți colegi am pornit-o spre destinație. Ajungînd către seară, am fost cazați într-o sală de sport la o școală. A doua zi am ieșit pe teren. Toată acțiunea a durat doar cîteva ore. Țăranii s-au predat pentru că nu aveau nici o șansă. Noi ne-am bucurat că s-a terminat fără să se fi tras măcar un foc de armă. Bineînțeles că cel mai mult m-am bucurat eu că mă reîntorc acasă și că o să am o zi liberă. Deja îmi făceam planuri pe drum cum o să decurgă noaptea.

„Precis va fi o noapte furtunoasă cu Mărie" mă gîndeam eu. Eram de un an însurat și nu aveam copii.

Am ajuns cu bine în sat, am coborît la post, am depus armele în seif și am luat-o spre casă. Fiind seară tîrziu, am luat-o încet să nu-mi rup picioarele în bezna de afară. Noroc că nu plouase. Prin șanțurile pe care le lăsau căruțele și tractoarele mi-ar fi trebuit o barcă. Un singur bec lumina pe toată strada. Casa mea era la capăt, așa că la mine în față era negură. Deja mă bucuram că îi voi face soției o surpriză plăcută. Surpriza cea mare însă am avut-o eu!

Am vrut să intru în curte, dar poarta era încuiată. Bun, era normal să încuie fiind singură acasă. Ce nu mai era normal era faptul că geamul la stradă era întredeschis. Și asta era întrucîtva în regulă, pentru că era cam zăpușeală. Dar ce nu era de loc în regulă, era văicăreala ce venea din cameră. M-am îndreptat spre geam și m-am ridicat pe vîrfuri să mă uit înăuntru. Nu vedeam nimic fiind întuneric. Deodată am auzit un țipăt de femeie. Dar stai puțin nene, că tonul ăsta îl cunoșteam. Așa se exterioriza nevastă-mea cînd avea orgasm! Un moment am rămas înlemnit.

„Măi, ce Doamne iartă-mă face asta? Se satisface singură? Păi nu mai avea răbdare pînă mîine?" am gîndit eu și am stat atent să ascult. După scurt timp aud și un gîfîit care nu suna a fi de femeie, ci de bărbat. Chir atunci ieși luna dintre nori și lumină puțin în cameră. Hopa, hopa. Păi doamna mea era servită pe la spate de un șmecher!

Deci în casa mea și în patul meu, se dădeau lupte grele. Eu nu știu să fi spus cuiva să-mi țină patul cald. Ce știu, era că mi-au sărit siguranțele de supărare. Deci, eu î-mi pun viața în pericol ca să cîștig bani și știoarfa asta se dă în bărci cu altul! M-am gîndit să mă duc să iau de la post pușca și să îi curăț pe amîndoi dar am reușit să mă înfrînez. Trebuia să văd cine e șogorul meu. Dacă plecam de acolo putea să fie el deja dispărut pînă m-aș fi întors. Am hotărît să aștept în umbră, să văd cum decurg lucrurile. Am sărit gardul în curte și m-am dus în șopru de unde am luat un par sănătos ca să am cu ce să mă apăr de golan. După vreo 10 minute s-au liniștit porumbeii și s-au apropiat de ușa de la prispă. Eu eram pitit jos lîngă trepți unde nici unul din ei nu putea să mă vadă. După ce se deschise ușa, cei doi se despărțiră cu un sărut foarte intensiv.

„A fost frumos cu tine Mărie. Păcat că vine Toni acasă mîiine" zise el.

„Ei lasă că nu au intrat zilele în sac. Pleacă el acuși iar pe teren și mai treci tu pe la mine" zise ea și se mai sărutară o dată.

În acel moment m-am ridicat eu în picioare și le-am spus:

„Așa e. Dar din fericire am venit azi și acum e rîndul meu să vă pup pe rînd. Lasă că vă dau eu numa țucături!"

Ei nu m-au văzut, ci doar m-au auzit. Au rămas amîndoi ca împietriți. El a făcut primul pas pe trepți și eu i-am dat primul sărut cu parul peste picioare. Din lovitură s-a dezechilibrat și a picat grămadă în curte. Bineînțeles că pentru amîndoi a fost o surpriză, ca de fapt și mai devreme pentru mine. De spaimă aprinse nevastă-mea lumina în curte. Era exact ceea ce trebuia ca să-mi văd concurentul.

Între timp i-am mai masat puțin coastele cu cizma pînă nu s-a mai mișcat. Ea zbiera ca din gură de șarpe:

„Toni ai înebunit? Nu mai da în el că-l omori!"

Eu de colo:

„Și-ți pare rău de el? Ha? Ce caută el la femei măritate? Eu nu-mi aduc aminte să-l fi rugat să-mi țină patul cald! Și tu boarfo, nu capeți destul de la mine? Acuma stai că-ți trag și eu un număr, dar prin față și nu prin spate cum a făcut ăsta" și pac, i-am tras și ei un par la coaste. A picat și ea grămadă pe jos lîngă iubit.

„Ia de aici și un sărut" și i-am dat unul cu cizma de a rămas și ea lată. Între timp veniră frații mei treziți de lătratul cîinilor și de urletele mele și ale nevestei. Cu chin cu vai m-au ținut să nu-i mai lovesc pe cei doi. Cineva a anunțat salvarea, care veni mai tîrziu și îi duse la spital pe îndrăgostiți. După ce atmosfera se mai liniști, m-am așezat pe prispa cășii. Eram total epuizat. Într-un sfîrșit am intrat în casă și mi-am luat o sticlă de țuică. Acum am realizat eu ce am făcut și știam că o să trag consecințele. Speram să nu moară niciunul. Șogorul meu era vecin cu mine, a treia casă, un tînăr de 20 de ani. De nevastă nu-mi părea rău pentru că știam că ea e de vină. Dar după o dușcă bună de țuică toate problemele au fost uitate. Am golit sticla și m-am întins în pat adormind imediat. A doua zi spre prînz, am fost trezit brusc din somn și patru brațe puternice m-au tras din pat. Eu eram încă mahmur. Nici nu știam pe ce lume sînt.

„Scoală-te criminalule. Ce-ai făcut azi noapte? Nevastă-ta e la intensiv și l-ai omorît pe șogor. Ești arestat. Hai la oraș la procuratură."

În acel moment s-a evaporat toată țuica din creier și eu am devenit complet treaz.

„No Toni, te-ai aranjat. Ăstia mă închid acuma și pentru cine? Pentru o curvă nesătulă!" mi-am zis eu și am avut dreptate, din păcate. M-au luat și m-au dus cu cătușe la procuror, de acolo la arest. La proces am avut noroc cu un avocat bun și am primit pedeapsa minimă de șase ani. M-a scos la legitimă apărare. La pușcărie, unde eram toți numai cu condamnări mari, am avut viață grea. Boactării te loveau cum și cînd aveau chef. Dacă ai comentat ceva, te băgau la carceră unde nu primeai decît apă, o dată pe zi. În șase luni am slăbit de la 120 de kile la 70. Era iadul pe pămînt: mîncare rea, multă muncă și bătaie.

„În ritmul ăsta nu știu dacă nu am să ies în sicriu înainte de a se termina cei șase ani" mă gîndeam eu și mă rugam seară de seară să se întîmple o minune să scap de infernul ăsta. Și minunea s-a întîmplat. Într-o zi nu ne-au mai scos la lucru. Am rămas cu toții în cameră. La un moment dat se deschise ușa celulei și intrară doi boactări înarmați. După ei intră și directorul penitenciarului avînd o hîrtie în mînă. Am sărit toți în picioare și așteptam să vedem ce ne anunță.

„Stați jos și ascultați bine. Am aici o hîrtie de la raion prin care se caută deținuți care vor să meargă în Delta Dunării la cules de stuf și la prins de șerpi.

Iarna la stuf, vara la șerpi. Cu ocazia asta aveți șansa să vă reduceți pedeapsa. Pentru fiecare 100 de șerpi prinși, vă scade pedeapsa cu o zi. Deci dacă lucrați bine, vă puteți înjumătăți pedeapsa. Primiți și mîncare mai bună. Șerpii nu sînt veninoși, sînt șerpi de apă dulce. E totuși posibil dacă vă mușcă să moară el de otrava care e în voi", zise el rînjind.

„Cine vrea să meargă, să se înscrie la șeful de cameră" și ieșiră toți trei. În cameră urmă agitație mare. Eu m-am tras mai la o parte și mă gîndeam de unul singur, ce să fac? Am ajuns la concluzia că decît să stau aici și să mă bată ăștia în continuare, mai bine la șerpi și pot să-mi reduc din pedeapsă. M-am dus în față la șef și m-am înscris pe listă.

Plecarea era la începutul săptămînii următoare, deci în trei zile. Am dormit două nopți cam agitat, neștiind ce mă așteaptă. Luni veniră băieții cu un autobuz și ne luară la gară unde ne-am urcat într-un vagon de vite. Nu eram numai noi, mai erau și din alte penitenciare în alte vagoane. În total erau trei vagoane cu deținuți pentru Delta Dunării, restul de vreo 15 vagoane erau de marfă. După două zile și trei nopți de călătorie cu întreruperi, am ajuns la destinație. Priveliștea era cam dezolantă dar ce și așteptam? Un hotel de cinci stele? Erau cinci barăci, unde noi pușcăriașii aveam dormitoarele, sala de mese și toaletele. Totuși am rămas plăcut surprins pentru că în interior era curățenie și ordine. Am fost repartizați în camere, ne-am luat paturile în primire unde ne-am și întins imediat. Eram rupți, după atîta drum și aproape fără somn. Nu aveam unde să ne punem în vagon să dormim decît pe jos pe scînduri. Nici bine nu ațipisem și veni un bou să ne ia la lucru!

„Hai, sus la șerpi, nu la vise. Aici nu-i hotel, e pușcărie. Îmbrăcarea și la treabă. Ieșiți în față și vă aliniați pe două rînduri în fața barăcii."

Ce să mai comentezi? Știam de dincolo că dacă faci talente capeți pumni și picioare de la paznici, așa că am ieșit repede afară. Au venit paznicii, ne-au împărțit și am luat-o către un debarcader în miniatură ce era la vreo 100 de metri. Acolo ne-am urcat cîte șase în barcă. Eram 30 de pușcăriași împărțiți în cinci bărci și șase paznici în trei bărci. Am luat-o printre insule de stuf, prin nenumărate canale.

„Și dacă încerci să fugi nu ai unde, că te pierzi și dai ortu popii pînă te găsesc ăstia" mă gîndeam eu.

După vreo 10 minute am ajuns la un petec de pămînt cu pomi. Am coborît, am mai mers vreo 200 de metri prin pădurice și am dat de un luminiș. Noi cei care am venit proaspeți, am rămas blocați și cu gurile căscate la ceea ce vedeam. Șerpii erau pe uscat, pe malul apei, peste tot. Ici și colo se vedeau ghemotoace de ei adunați ca într-o minge. Așa ceva de cînd mama m-a făcut nu am văzut! Bătrînii au trecut la acțiune. Noi ne uitam ca pisica în calendar și nu știam ce să facem.

„Hai bă ce mai stați! Începeți să-i prindeți și-i aruncați în containerul ăla de colo" zise unul din ei și arătă în direcția containerelor de tablă ce erau postate lateral. Ce să pui mîna, că-mi era stomacul în gît. Eu nu suportam șerpii! Îmi era silă de ei. În civilie îi omoram imediat și aici să pun mîna pe ei? Tot m-am scuturat, dar la gîndul că pentru fiecare 100 de bucăți am o zi mai puțin de stat în cloaca asta, am pus mîna și am adunat de ziceai că de o viață numa asta am făcut. Nouă ne era frică de șerpi dar nu ei erau dușmanii noștri, ci țînțarii. Cum se însera, veneau în stoluri de se întuneca cerul. Făceam noi fum dar nu ajuta prea mult. Măcar aici nu ne băteau paznicii fără milă cum o făcuseră dincolo. Aici eram donatori onorifici de sînge la țînțari!

Așa trecu vara și primul sezon de șerpi cu bine. Veni iarna și am început la stuf. Pot să spun că am făcut o condiție fizică de taure și m-am călit la fix. Totul a trecut cu bine. Cei trei ani s-au împlinit și eu am scăpat cu viață și sănătos. Da, așa-i măi copii. Lăsați văicărelile că alții au avut o viață mult mai grea ca voi. Aici chiar că-i hotel în comparație cu ce am avut eu atunci și uite că mai trăiesc!" încheie Toni.

„Și cu nevastă-ta ce s-a întîmplat? A murit și ea?"

„A scăpat luao-ar dracu de nesătulă. Am băgat divorț și a plecat din sat. Bine că nu am avut copii. Dar așa-i viața. Hai la culcare băieți că-i tîrziu".

Cap. III

Dacă vrei să ajungi repede la destinație, mergi singur. Dacă vrei să ajungi departe, mergi împreună cu alții (proverb din Uganda)

Cîteva zile trecură fără evenimente și încet se apropia ziua cînd aveam și eu vorbitor. Noi deținuții, aveam dreptul o dată în lună la o întîlnire cu neamurile de gradul unu, soț, soție copii sau părinți. Puteam primi pachet cu mîncare prin poștă, sau acesta era adus la vorbitor personal de către cel care venea la vizită. Scrisori sau alte mijloace de comunicare erau interzise. Cel mai mult mă bucuram de cele 5 kg cu bunătăți de acasă. Cu dieta de aici uitasem încet dar sigur gustul mîncării adevărate. Vizitele erau numai duminica. Cu greu trecu săptămîna și veni duminica mult dorită. Dimineața pe la 11:00 am fost chemat de gardian să merg la vorbitor.

Într-o cameră cu șase boxe, despărțite ca și în filmele americane de cîte un paravan avea loc întîlnirea dintre vizitatori și deținuți. Lateral era un receptor de telefon prin care se desfășura întreținerea. Eram foarte emoționat și curios să văd cine e. Intrînd în cameră am văzut prin geam fața tatălui meu. Puteam să citesc în ochii lui reproșurile pe care m-i le făcea că nu am vrut să ascult și să nu fac pasul necugetat. Dar nu mai era nimic de făcut. Am luat receptorul de pe paravanul lateral și am început conversația. În sfertul de oră pe care l-am avut la dispoziție ne-am întreținut despre casă și bagatele pentru că în spate la doi metri veghea un paznic. Am reușit să-i spun totuși că m-am înscris la muncă, ceea ce el a găsit pozitiv. După această scurtă revedere, se încheie vorbitorul. Cu un sentiment de frustrare și în același timp de bucurie am luat-o spre magazie să-mi iau pachetul. Era o picătură de bucurie în acest ocean de nefericire. M-am reîntors în camera de „hotel" fiind curios să văd ce bunătăți mi-au pus ai mei. Erau de toate de la tăiatul porcului. Între noi deținuții, s-au format grupe de cîte trei, patru indivizi și care cum primea pachet îl împărțea cu ceilalți. În felul acesta aveam posibilitatea să mai mîncăm și altceva decît arpăcaș și turtoi. Importante erau și cele 30 de pachete de țigări. Cine nu fuma, sau fuma mai puțin, făcea schimb de țigări cu mîncare. Eu din păcate fumam pe atunci.

Duminica trecu într-o atmosferă relativ pozitivă, după vizita de acasă. Luni dimineață am rămas pe cameră. Toți cei care ne înscriseserăm pentru munci am fost adunați și repartizați într-o altă cameră.

Marți dimineața după dejun au venit autobuzele să ne ia la muncă. Pînă la Deta erau cam 45 de kilometri și aproape o oră de mers. Penitenciarul era în centrul Timișorii. Pentru prima dată, după aproape două luni, am luat contact, chiar dacă nu direct, cu viața de afară. Eu cunoșteam Timișoara avînd aici multe rudenii din partea mamei. Era un sentiment necunoscut, deosebit de emoțional.

Autobuzul avea perdele la geamuri. Nu puteai să vezi afară și nici nu aveai voie să le tragi. Totuși eu fiind la geam, am tras puțin de perdea și am reușit să văd lumea ce mergea la lucru sau aștepta tramvaiul. Doar un geam de sticlă mă despărțea de libertate! Chiar dacă era o libertate relativă în România, tot era mai bine afară decît în temnița asta în care trebuia să mai stau opt luni de zile, lungi și grele!

De-a lungul șoselei erau în stînga și dreapta rîndurile de duzi și nuci care încet se scuturau de frunze. M-a apucat dorul de casă și m-au trecut lacrimile. Am întors capul ca să nu mă vadă vecinul de scaun. Visam cu ochii deschiși, despre casă și libertate!

Din păcate sau din fericire, am fost brusc trezit la realitate într-o curbă. Era semnul că am ajuns la destinație. După ce autobuzul ne-a scuturat din toate încheieturile, prin gropi de diferite adîncimi, a oprit la bariera din fața complexului. Totul era înconjurat cu două garduri de trei metri înălțime, întărite cu sîrmă ghimpată. La fiecare colț era cîte un turn cu o santinelă de pază, cocoțată la cinci metri înălțime. Totul era nou și necunoscut. Halele, în număr de 15 erau așezate paralel. Am coborît și ne-am aliniat pe două rînduri. S-a făcut apelul și fiecare a fost repartizat la o echipă.

Din echipa mea făceau parte: un boxer ce primise șase ani pentru viol, un bețivan ce nu voia să lucreze în civilie și primise șase luni și șeful de echipă, un hoț ce avea doi ani de condamnare. Cele cinci hale în construcţie, la care urma să lucrez şi eu, erau acoperite dar în interior neterminate. Şeful de echipă ne luă pe toţi în primire şi intrarăm. Lucrul nu era nici greu nici uşor. Noi trebuia să închidem crăpăturile de la elemenţii din care erau făcute boxele pentru porci. Grilajele de beton erau turnate din fabrică şi mai aveau rupturi sau crăpături ici şi colo ce trebuiau închise cu maltăr de ciment. Materialele erau la faţa locului noi trebuind doar să le dozăm şi să le amestecăm. Mai cu lucru, mai cu vorba, o dată veni ora prînzului. Eu eram curios să văd dacă ceea ce directorul anunţase cu privire la mîncare, era adevărat. Şi într-adevăr mîncarea era mai bună şi pe săturate. Dar lucram şi nu făceam bureţi la popou stînd pe cameră.

Zeamă groasă de cartofi, ce se potrivea la fix cu jumătatea de pîinea neagră pe care o primiserăm cu o seară înainte. Aşa învaţă omul să aprecieze şi puţinul pe care-l are....

După o masă copioasă parcă şi lucrul mergea mai bine şi mai repede. Nici nu am avut timp să mă gîndesc prea mult că se şi anunţă oprirea lucrului şi adunarea sculelor. Era ora 17:00.

„Ce? Deja cinci? Nu se poate! Aşa repede a trecut ziua? Doamne ce bine că m-am înscris la lucru. O să treacă mai repede lunile astea şi voi scăpa în sfîrşit de balamucul ăsta" am gîndit eu.

Ne-am adunat toţi deţinuţii, s-a făcut din nou apelul, am urcat în autobuze şi am luat-o spre „casă". La ora 18:00 se servea cina, cu jumătatea de pîine. Oboseala î-şi spunea cuvîntul. Nu mai eram obișnuit cu munca brută. Toate oasele mă dureau dar eram mulțumit și într-un fel fericit. Timpul trecea repede. La ora 22:00 s-a dat stingerea dar eu eram deja de o oră în pat și am adormit. Așa trecu prima zi pe șantierul de la Birda și după ea mai trecură vreo două săptămîni. Din toate bunătățile ce le primisem la vorbitor de la tata, rămăsese doar slănina. Porcul nefiind pîrlit cu paie, slănina era cam dificil de ronțăit. Eram în dilemă. Ce să fac? De aruncat așa bunătate nici nu putea fi vorba, dar obiectele tăioase erau interzise. Rezolvarea problemei veni repede. Într-o zi am văzut că un coleg mănîncă slănină, dar tăiată felii.

„Bătrîne, ia spune-mi și mie cu ce ai tăiat slănina? Am și eu o bucată dar nu am cu ce s-o tai. Ai cumva cuțit?"

„Păi am, dar ai grijă să nu ne vadă careva. Poți și tu să-ți faci unul. Te duci la sudori, iei un electrod și-l bați cu ciocanul pînă îl faci plat cam de un centimetru. Acuma ia de aici și taie-ți."

Românul se decurcă..de obicei. M-am uitat la scula primitivă ce mi-o dăduse colegul și eram cam sceptic dacă o să taie. Spre surprinderea mea, improvizația tăia slănina fără probleme. Așa am reușit să-mi mai îmbunătățesc meniul de prînz. A doua zi m-am dus la sudori, am luat un electrod de sîrmă și l-am bătut plat cu ciocanul. După ce am tăiat cu el slănina, l-am ascuns sub o placă de beton în hală. Ce chestie! Nevoia te face inventator.

Atmosfera în echipa mea era bună. Se mai glumea, se mai povestea și vremea trecea. Șeful de echipă m-a prevenit totuși că „dracul roșu" cum era poreclit polițistul care era șef de șantier, e prezent peste tot și nu suportă să vadă că lumea stă de povești.

„Dacă ne prinde ăsta, ne bate de ne moaie oasele. Eu am încasat o dată de la el și î-ți spun că nu mi-a făcut de loc plăcere masajul ce l-am primit. Vezi-ți de treabă și în pauză la masă putem vorbi" zise el către mine.

„Am înțeles, așa facem", și mi-am văzut mai departe de treabă.

Timpul trecea mult mai repede aici pe șantier și munca era variată. Nu era deloc plictisitor. Vremea însă nu era prea adecvată, noiembrie arătînduși colții. Halele nu aveau încă uși și geamuri, așa că vîntul trăgea din toate direcțiile. Temperaturile coborau încet spre punctul de înghet. Se mai întîmpla ca degetele de la mîini să amorțească dar unde-i lege, nu-i tocmeală. Planul trebuia îndeplinit, altfel încasau toți membrii echipei pumni și palme de la polițist. Dar asta nu era preocuparea de bază a mea, ci eu eram cu gîndul la vorbitorul pe care-l aveam în cîteva zile. Era al doilea. Rezervele de țigări și slănină se cam terminau. Mă bucuram și pentru că mai trecuse cu bine încă o lună din cele 10 cîte primisem la proces.

Și în celulă și pe șantier se vorbea despre un lucru forte important pentru noi toți. Se zvonea că ar fi în perpectivă o amnestie, pușcăriile fiind suprapline. Eu voiam la următorul vorbitor să îl întreb pe tata dacă și afară se vorbește despre decret. Săptămîna trecu fără evenimente și duminică dimineață mă chemă paznicul la vorbitor. Și de data asta veni tata cu bunătăți și știri îmbucurătoare. Și afară se vorbea că spre sărbători se v-a da ceva! Nu se știa cine va profita dar de obicei cei cu condamnări mai mici aveau șanse mai mari să beneficieze.

Acuma parcă mîncarea era și mai gustoasă. Speranța la liberare și la o viață mai bună luă contur. Vestea se împrăștie rapid și toți radiau de voie bună. Un veteran ne spuse că dacă vine ceva, o să se facă schimbări prin camere. Ori o să mai vină colegi de cameră la noi sau vom fi noi în alte camere mutați. Deocamdată însă era liniște și se mergea normal la lucru. Frigul devenise și mai intens. Spre norocul nostru, se montaseră ușile și geamurile, așa că măcar vîntul nu mai bătea în hală. În plus apărură în boxe și primele scroafe ce trebuiau să fete. În hale era direct plăcut, în sensul temperaturii interioare. Mai puțin plăcut era mirosul de rahat. Dar, una pe alta se compensau. Într-o luni dimineață, afară începuse să fulguie și soarele era ascuns bine după nori. Cerul era cenușiu. Așa era și atmosfera de pe șantier. Nici unul din echipă nu avea chef de lucru. Se discuta despre decret, pentru cine o fi valabil și cînd vine. Povesteam liniștiți dar „dracul roșu" nu dormea, ci ne urmărea de la distanță. O nișă ne dădea puțină scuteală. Rîdeam și spunem bancuri. Deodată sări el de după colț și veni urlînd direct spre șeful de echipă. Fiind moldovean zise:

„Măi Ionică. Păi di ci te-am pus eu pe tini șef de iechipă măi pripiditule măi? Ca să-i pui tu pe iștia să

tragă chiulul sau să lucrezi? Tu ieşti tîmpit sau ci-i cu tine! Eu vorbesc ici de unul singur ca tilivizorul?"
Bietul Ionică încercă să spună ceva dar primi o directă de dreapta peste obraz. Apoi urmă şi una de stînga. Eu fiind cel mai aproape am urmat la rînd. Crezînd că poliţistul î-mi va da şi mie „la buci" (de la obraz, nu la alte buci) am ridicat mîinile ca să parez loviturile. Dracul roşu însă mă derută şi mă prinse cu un pumn direct în stomac. Din acest moment aerul deveni foarte rarefiat pentru mine şi fără să vreau m-am aplecat spre podea căscînd gura după aer ca un peşte. La rînd veni şi fostul boxer. Cu el avea ce avea poliţistul. Nu putea să-l lovească în plin pentru că făcînd box, omul bloca loviturile instinctiv. Asta îl făcea pe bătăuş mai furios. După cîteva lovituri parate, o luă Cornel boxerul la fugă şi poliţistul după el dar nu reuşi să-l prindă. După aventura asta ne-am liniştit toţi şi lucrul a început să meargă strună, fără întreruperi.
Nici poliţistul nu a dat prea tare. Dacă ne făcea k.o. cine ar mai fi lucrat?
Era trecut de mijlocul lunii noiembrie şi de decret încă nici o urmă. Se vorbea, dar se vorbea degeaba pentru că nu avea loc nici o mişcare care să adeverească zvonul. Frigul se intensificase şi lucrul era tot mai puţin. Mai era cîte ceva de făcut la ultima hală şi eu î-mi făcea gînduri ce va urma cînd aici se va termina cu lucrul.
„Precis iar ne ţin ăstia în cameră ca pe cîini şi ne dau drumul în curte o dată pe zi. Pînă la primăvară o să mă ramolesc de tot între patru pereţi!"

Veni și luna decembrie și data de 5, cu Moș Nicolae. Cadourile din cizme nu mai apăreau, dar toată lumea rămase pe cameră. Un cadou deosebit, care nu încăpea în nici o cizmă ne-a fost servit în acea seară. Șeful făcu liniște și ne anunță că începînd cu ziua următoare vor veni colegi din alte camere și o să trebuiască să ne restrîngem ca să încăpem cîte trei inși în două paturi. Deci să se organizeze care cu cine vrea să doarmă, ca să aibă loc cei noi cînd vin. La această știre izbucni instantaneu un concert de strigăte și urlete ca în pădure. Ăsta era semnalul că amnestia e pe drum și că nu v-a mai dura mult pînă cînd vom gusta din nou licoarea libertății. Se dansa, se rîdea, se urla. Pentru noi toți, nu exista știre mai bună! Cu chin cu vai reuși șeful de cameră să facă puțină ordine și liniște. Deja intrară paznicii, care credeau că arde în cameră sau că ne omorîm unii pe alții!

Acum era clar că nu mai durează mult și vine bomba, pe care toți o așteptam nerăbdători.

Cu lucrul pe șantier din 15 Decembrie se încheiase și noi stăteam pe cameră pînă cînd amnestia intra în vigoare.

Mai veniră colegi din alte camere și în două săptămîni eram în loc de 40, acum 60 de deținuți în aceeași cameră. Dar asta nu ne deranja cu nimic, noi știind că urmează să părăsim în curînd iadul.

Veniră și sărbătorile de Crăciun, cele mai frumoase din viața mea de pînă atunci. Rugăciunile mele își arătau efectivitatea și eu eram în culmea fericirii.

„Visul meu devine realitate. Î-ți mulțumesc Doamne că mi-ai ascultat rugăciunile și m-ai avut în pază ca să rămîn sănătos."

Se știa clar, că toți condamnații pînă la trei ani vor fi eliberați. Pentru ceilalți cu condamnări mai mari pedeapsa se v-a înjumătăți. Deci eu eram printre cei care profitau de acest decret din plin.

Patru luni de chin și jale, care pentru mine au fost cît patru ani, aproape trecuseră. În fond eu eram condamnat pe nedrept. Nu făcusem rău nimănui. Eu voiam doar să trăiesc în libertate. Pentru asta însă nemernicii m-au condamnat la 10 luni! Ura mea pentru acest regim se întețise și mai mult și eu îmi făceam planuri pentru următoarea evadare din țară. La ce să mă fi și gîndit? Bine că nu am avut atunci prietenă. Cu siguranță că timpul ar fi trecut mult mai greu.

Dodi a avut ghinion. Soția lui nu a mai avut răbdare și după o lună de abstinență și-a luat un înlocuitor la pat. Ce să faci? Îi era urît femeii. Să stai tu la 22 de ani singură! Vin strigoii și te mănîncă. Trebuia un paznic și l-a găsit repede.

Dar să revin la acțiune....

Revelionul l-am petrecut cu colegii în cameră. Chiar și fără băuturi alcoolice a fost ceva deosebit. Ne aștepta libertatea și asta era mai important ca orice! Pe data de 2 Ianuarie, dimineața pe la 9:00, intră pe ușă paznicul cu o listă în mînă. Toți stăteam ca pietrificați. Nu se auzea nici musca. El citi numele cîtorva din cameră care au avut norocul să plece în ziua aceea. Eu nu eram din păcate pe listă. Așa a fost și a doua zi și a treia, toți plecau pe rînd numai pe mine nu mă mai strigau!

Deja î-mi făceam gînduri ce se întîmplă că eu nu vin la rînd. Eram nerăbdător să plec o dată din cloaca asta! Nici dacă m-ar fi pus șef de penitenciar nu aș fi rămas. Acasă e cel mai bine..

În sfîrșit, pe 5 Ianuarie a venit și rîndul meu. Mi-am luat rămas bun de la cei care mai rămăseseră în cameră și am ieșit la magazie să îmi iau hainele civile. Parcă eram în transă. Nu-mi venea să cred că e adevărat! După mai bine de patru luni de haine vărgate cu bonetă și bocanci, am îmbrăcat din nou hainele civile. Fiind haine de vară erau cam subțiri, dar ce credeți că mie-mi păsa? Și numa-n chiloți aș fi plecat!

„Afară. Și asta cît mai repede să nu mai văd și să nu mai aud ce-i aici!"

Ieșind pe ușa penitenciarului, am făcut vreo 20 de pași și m-am întors să văd dacă poarta s-a închis după mine. Și într-adevăr, poarta era închisă! Atunci am început să sar pe un picior, să rîd și m-am aruncat în zăpadă făcînd o tumbă de bucurie. Cîțiva pasanți se uitau la mine ca la un animal de circ, dar mie nici că-mi păsa de ei. Un astfel de sentiment de ușurare nu am mai avut niciodată! O stare așa intensă de bucurie nu se poate exprima în cuvinte. Ca să știi cum e, trebuie să trăiești aceste momente unice! Acum știam să prețuiesc libertatea chiar dacă era una relativă, fiind eliberat dintr-o închisoare mică, într-una mai mare. Cu pași repezi am luat-o spre Gara de Nord. Eram ca speriat de bombe și parcă î-mi era frică să nu vină cineva după mine și să mă bage iar la zdup!

Din fericire nu mă urmărea nimeni. După un sfert de oră am ajuns la gară. Norocul meu că nu cheltuisem toți banii. Am renunțat la mîncare, mi-am luat bilet și am urcat în trenul de Caransebeș. Era deja seară, afară se întunecase dar în sufletul meu era lumină și bucurie. În sfîrșit eram liber!

Am ajuns cu bine la Oțelu Roșu. Mergînd spre casă m-am gîndit să trec prin centru să văd cine mai e pe acolo. Și așa î-mi era în drum. 5 Ianuarie 1983, era o zi de miercuri și la ora aceea centrul orașului era pustiu. Fiind și iarnă, frig, lumea nu prea umbla pe afară. Voiam să împart bucuria acestui moment deosebit și cu alții, dar nu am întîlnit pe nimeni cunoscut. Nu am intrat în cîrciume pentru că eram prea obosit. Urcînd dealul spre casă î-mi veni o idee:

„Ce ar fi dacă m-aș duce pe la Helmut, prietenul meu cel mai bun. Hai să văd ce mai face.”

Încă nu era tîrziu, doar vreo șapte seara. El era vecin cu mine. Am sunat la ușă dar în bezna de pe stradă nu se vedea nimic.

„Cine-i acolo?”

„Un erou al muncii capitaliste” veni răspunsul meu.

„Măi omule tu ești? Ai scăpat cu bine eroule. No hai înăuntru.”

Am intrat, m-am așezat pe bancă și începurăm să ne întreținem despre ultimele noutăți. Cele mai multe le aveam eu de povestit. Mai băurăm o cafea (nechezol) și cu un pahar de țuică fiartă, am spălat amăreala. Într-un sfîrșit mi-am luat rămas bun. A doua zi mai aveam destul timp să vorbim.

Ninsese bine și drumul nu era curățat. Am luat-o prin nămeții de zăpadă către casă și după 200 de metri am intrat în curte. Acasă nu știa nimeni că eu am scăpat, sau cînd vin. Poarta era închisă dar nu era nici o problemă eu știind unde e cheia. Am intrat în casă și toți erau adunați la cină. Stomacul meu fierbea de emoții. M-am oprit cîteva clipe în fața ușii de la bucătărie și mi-am luat inima în dinți. Am deschis brusc ușa și am strigat:

„Ce-i aici tovarăși, cina cea de taină?" la care toți săriră în picioare și veniră să mă îmbrățișeze. Au mai curs și cîteva lacrimi, dar totul era bine. Am cinat și eu cu o poftă de lup. De Crăciun se tăiase porcul așa că pe masă erau numai bunătăți. Rupt de foame ronțăiam încontinuu și ascultam noutățile din ultimele patru luni cît am lipsit de acasă. Nevasta lui Dodi, Helen, nu a mai avut răbdare și și-a găsit un înlocuitor. Era de înțeles. Venea iarna și trebuia să fie cineva care s-o „încălzească". După scurt timp s-au divorțat. Așa, el și-a pierdut soția și a ratat și cariera de fotbalist pentru că nici o echipă nu lua „trădători de țară" în lot. Cu asta s-a încheiat cel mai trist capitol al vieții mele. Doamne ajută!

Cap. IV

Cine merge pe mai multe cărări nu mai găsește drumul spre casă (proverb din Senegal)

După liberarea de la pandaimos aveam două săptămîni la dispoziție ca să-mi găseasc loc de muncă, altfel riscam să intru iar după gratii. Pe vremea aceea, cine nu voia să lucreze, putea fi condamnat pînă la șase luni de pușcărie. Revenisem la Oțelu și era clar că nu aveam unde să mă angajez decît iar în mizeria aia de fabrică de care fugisem. Și cum putea să fie altfel, decît să fiu repartizat la cea mai rea secție, Laminorul 550. Ce și așteptam ca trădător de țară? Un post de director?

Pe deasupra îl aveam ca maistru pe secretarul de sindicat pe secție. Deci eram sub „oblăduirea" și observația ochiului vigilent al comunismului. De ales nu aveam, așa că eram obligat să înghit tot ce primeam. Fiind eliberat după o amnestie, asta însemna că eram pe probă în libertate. Dacă în decurs de trei ani mai făceam o boacănă, egal de ce natură și aș fi fost condamnat la o pedeapsă cu executare în penitenciar, eram considerat recidivist și primeam și restul de șase luni pe care trebuia să le fac la prima condamnare. Numai la gîndul că v-a trebui să intru din nou în infernul de la Timișoara, mă treceau fiori reci din cap pînă în picioare. Țelul meu rămăsese neschimbat: fuga din România. Dar asta nu era o joacă de copii. De data asta trebuia să fiu bine informat și să am răbdare ca să nu cad iar în capcană. Așa cum proverbul spune:

„Cu răbdarea treci marea."

La fabrică m-am angajat din nou ca electrician.

Iubitul meu maistru, mare secretar de partid și sindicat, m-a luat în primire de la început tare. Nu mai rețin exact convorbirea cu el dar știu că eram schimb de noapte. M-am contrazis cu el, și m-a trimis în hală să „am grijă de producție". Dar ce eu eram prostu lui? Ceilalți s-au mai învîrtit pe ici pe colo și pe la ora 01 au dispărut la somn. Așa funcționa șmecheria. Unul era de pază și ceilalți dormeau pe unde apucau. Așa am făcut și eu. Mi-am găsit un loc în canal la subsol și m-am pus să dorm. După două nopți m-a prins șefu dar nu mi-a mai zis nimic. După cîteva zile m-au mutat la sectorul fierăstraie unde-l aveam coleg de schimb pe Marius. Aici era o mizerie de nedescris, zgomot și călduri insuportabile. De la cilindri veneau profilele de fier încă fierbinți, tranportate pe role, la răcit și tăiat.

Era o adevărată „plăcere" să repari defecte pe macara, la șase metri înălțime deasupra fiarelor încinse pe patul de răcire, sau să schimbi motoare la rolele fiebinți. Dar așa se călește omul și eu eram hotărît să fac față tuturor greutăților ca să-mi ating scopul. Nu știam ce o să mă aștepte în occident. Trei ani însă trebuiau să treacă fără probleme deosebite cu poliția. Între timp au mai trecut ilegal frontiera cîțiva dintre cunoscuții mei și asta mă neliniști. Pe vremea aceea nu puteai să vorbești despre plecare sau să spui ceva împotriva regimului pentru că peste tot mișunau informatorii securității. Pentru mici avantaje se vindeau frații între ei. Comunismul reușise să facă o dezbinare totală între oameni. În primul rînd din cauza situației materiale, care în anii 80 se înrăutățise fără precedent. Cozile erau din ce în ce mai lungi și calitatea produselor derizorie. Dar viața mergea înainte și la gîndul că o să vină și ziua cînd visul meu se v-a împlini, mă încurajam ca să am puterea să rezist mai departe. În primăvara anului 1984 se făcea reparație capitală la secția mea. Se dădeau jos motoarele de la role și se înlocuia tot ce era uzat. Se înlocuia totul cu utilaje reparate dar de proastă calitate, așa că nu dura mult timp și defectele apăreau din nou. În acea după masă însă totul părea în ordine. Echipa mea se reuni la transformatorul principal ce trebuia cuplat ca toată secția să poată lucra. Din cauza unui întrerupător care nu voia să cupleze, nu pornea nici transformatorul. Fără curent nu mergea nimic. În hală era mare agitație pentru că toată lumea aștepta după noi. Ne-am adunat toți la celula în care era întrerupătorul și șeful de echipă începu să umble cu o șurubelniță să-l deblocheze. Era un defect mecanic. Noi eram toți ciorchine în jurul lui. La un moment, dat după o bubuitură asurzitoare, ne-am trezit pe jos grămadă unul peste celălalt. În acel moment de zăpăceală eu, șeful și încă un coleg ne văitam că nu mai vedem nimic. În fond ce se întîmplase?

Șeful umblînd cu șurubelnița făcuse un scurt circuit între două faze, o flamă imensă ne atinse pe toți trei și ne orbi pe moment. Pe mine m-a prins pe față și la mîna dreaptă. Celălalt coleg avînd tricou cu mîneci scurte era ars la mîna dreaptă pînă la cot. Șeful fiind cel mai aproape de sursa de foc avea dosul la amîndouă mîinile ars. După cîteva minute ne-a revenit vederea și ne-am desmeticit. Spre ghinionul nostru în loc să băgăm mîinile în apă rece le-am băgat în ulei. Atunci începură durerile. Toți trei am luat-o la fugă spre spitalul uzinei care era cam la un kilometru distanță. Era și o situație cumva comică. Fugeam cu mîinile pe sus și ne văicăream, dar numai de rîs nu ne ardea. Mai tîrziu deveni o situație de plîns. Ajunși la spital, personalul medical s-a ocupat imediat de noi. Mie nu mi-a plăcut niciodată să văd sînge sau suferință. De data asta nu am avut încotro. Eu aveam arsuri pe față ceva mai ușoare. Mîna dreaptă mi-a fost afectată. Pe dosul mîinii arsurile erau de gradul doi. Rana mi-a fost repede desinfectată, unsă cu o alifie și bandajată. Vrînd-nevrînd a trebuit să asist cum sora medicală îi trase pielea șefului de pe mîini. I-a tras-o în adevăratul sens al cuvîntului! Pielea era coaptă, de culoare maro și se ducea jos ca de pe un pui fript la rotisor. Acuma începură durerile adevărate ce urmau să ne petreacă zi de zi pentru o perioadă lungă de timp. Trebuia să mergem zilnic la spital pentru înlocuirea bandajelor. Din fericire pentru mine arsura de la față nu era gravă. După vreo două săptămîni nu se mai vedea prea mult. Arătam de parcă aş fi fost la plajă pe locul unde flama mă prinsese. Cu mîna însă aveam probleme mari. O dată cu bandajul se ducea şi stratul de piele care se lipea de el. Şi asta zilnic!

Am stat acasă trei luni. Accidentul nu a fost declarat colectiv ci doar şeful era trecut în concediu medical ca să nu vină protecţia muncii să-i scuture pe şefii mari. Salariile mergeau şi noi stăteam acasă. Cam după o lună mîna mea începuse încet să se refacă. Atunci a început procesul de refacere a ţesutului şi durerile se transformau încet în mîncărimi de nesuportat. Î-mi venea să rup bandajul dar asta nu ajuta cu nimic la vindecare. Aşa trecură trei luni lungi şi grele după care viaţa î-şi reluă cursul „normal". Eu începusem din nou lucrul, dar mîna încă nu se refăcuse în totalitate şi mă durea. Partea proastă era că pe lîngă faptul că din punct de vedere al sănătăţii nu era pe roze pentru mine şi situaţia materială începuse să se înrăutăţească. Salariul era mic şi colac peste pupăză se mai dăduse un decret cu îndeplinirea planului. Muncitorii de la secţiile care nu-şi îndeplineau planul lunar, primeau salar în funcţie de realizări. Dacă planul era doar 80% realizat şi salariile erau tot 80% plătite. Secţia la care eu lucram era una din cele care nu ajungea niciodată să facă 100% planul. Deci tot timpul salariile erau diminuate. Se părea că situaţia nu se v-a îmbunătăţi. Aşa stînd treaba, am luat hotărîrea să plec din fabrică în altă parte unde să pot cîştiga mai mult. La Timişoara aveam neamuri din partea mamei şi făcîndu-le o vizită am întîlnit pe tren un cunoscut ce lucra deja pe un șantier în oraș. Astfel am aflat informații importante cum și unde să merg să mă înscriu pentru a putea lucra acolo. Decît să rămîn acasă și fără bani, mai bine printre străini. Între Oțelu și Timișoara era diferență de la cer la pămînt. Pe lîngă faptul că se găsea de mîncare, era și o șansă în plus de a afla mai repede o modalitate de evadare, Timișoara fiind cam la 40 km distanță de granița cu Sîrbia. Trecuseră doar doi ani de la liberarea din pușcărie și amintirile neplăcute erau încă proaspete. Dar viața merge înainte și nu înapoi. Din greșeli învață omul.

Șantierul unde eu urma să lucrez era la marginea orașului. Pe vremea aceea se construia firma "Optica" pe calea Buziașului. Am plecat cu trenul la Timișoara și de la Gara de Nord am ajuns cu tramvaiul la șantier. Aici m-am informat ce și cum, după care am scris o cerere de angajare. Hotărîrea era luată. Orașul Rozelor, cum era denumit Timișoara, urma să fie domiciliul meu pentru următoarea perioadă de timp. A doua zi am revenit acasă și în fabrică am depus o cerere de transfer. După o săptămînă m-am despărțit de familie și am plecat în lumea largă. Firma la care urma să încep avea un cămin de nefamiliști. Aici am primit un pat într-o cameră cu Ghiță sudorul. El, care lucrase și pe șantier la Oțelu Roșu, cunoștea pe un vecin de al meu. Așa ne-am împrietenit, viața ușurîndu-se remarcabil. Nu era de loc simplu să începi o viață nouă între străini, dar asta mă aștepta și dacă aș fi reușit să fug din țară. Era ca un examen prealabil pentru viața din occident.

Veni vara cu călduri insuportabile, veni toamna cu ploi și cer cenușiu și se apropie iarna. Încet se termina și lucrul pe șantier. Cînd era ceva de lucru, ne bătea crivățul ca pe cîmp, geamurile nefiind peste tot montate. Se lucra doar opt ore sau mai puțin și salarul era diminuat. Cînd mai veni și înghețul în Decembrie, se opri lucrul complet și toți au fost trimiși acasă pe două luni. Urma să se decidă cînd vom începe lucrul, în martie sau aprilie în funcție de cît de grea v-a fi iarna. Banii erau tot mai puțini așa că m-am hotărît să mă reîntorc acasă și la fabrică. Ce să fi făcut? Să cerșesc pe stradă? Viața î-și relă mersul ca și înainte de plecarea la „oraș". Din păcate la Timișoara nu găsisem nici o filieră prin care să pot evada. Ar fi fost posibilitatea cu pașaport fals dar costa 70.000 de lei ceea ce echivala cu prețul unei Dacii noi. De unde atîția bani? Și nu aveam nici o garanție de reușită. Dădeam banii, (dacă i-aș fi avut) și trebuia să aștept. Se putea să nu mai văd nici banii nici pașaportul, ci din nou gratiile de la Popa Șapcă. Deci această alternativă pica din start. Urma să aștept pînă se va ivi o ocazie cît de cît sigură, ca să pot părăsi țara fără să mă aventurez în necunoscut. Analiza aprofundată a șanselor a dat naștere la două alternative. Prima ar fi fost să mă însor cu o femeie ce avea nume german și care ar fi vrut ca și mine să plece din România. Numai că fetele din categoria aceasta trebuiau căutate și găsite. Orașul fiind mic, așa erau și șansele. Unele erau deja căsătorite, altele prea tinere sau deja plecate în Germania. Pentru mine era clar, doar Germania și nu altă țară. Și mai era și bariera iubirii în cale. Eu nu am fost niciodată de principiul să fac așa un pas doar ca să scap de comunism. În relațiile mele amoroase trebuia să fie și o fărîmă de iubire pe care eu nu o cunoscusem cu adevărat pînă atunci. Poate că dacă m-aș fi mutat în Sibiu sau în alt oraș cu populație majoritară de origine germană aș fi găsit cu siguranță o parteneră care să corespundă cu ceea ce eu voiam.

Apropo Sibiu. Era cît pe aci să mă mut acolo. La sfîrșitul lui 1986, după ce m-am întors de la Timișoara, m-am angajat iar la fabrică. În colectivul care lucram aveam un coleg care se hotărîse să se lege la cap deși nu-l durea, adică pe românește: să se însoare. Toată echipa a fost invitată la nuntă. După formalitățile de la consiliul popular am luat-o pe picioare spre restaurant la masă. Cheful avea loc la cantina orașului. Atmosfera era ca de obicei grozavă mai ales după cîteva sticluțe de țuică amestecată cu muzica populară cîntată de țigani. M-am orientat și eu pe acolo și am dat de o pipiță ce arăta bine. De felul meu cu femeile eram un tip mai timid și am tot așteptat o ocazie să iau fata la dans, dar mi-o lua ba unul ba altul înainte. Mai luam cîte o gură de alcool, dar pînă m-am întors, ea era deja în brațele altuia. Toți șmecherii roiau în jurul ei ca albinele la miere. La un moment dat am renunțat și m-am împăcat cu gîndul că nu e să fie și gata.

După ce s-a terminat balamucul la cantină ne-am dus la mire acasă, ca să chefuim mai departe. Eram numai noi tineretul. În trupă cu noi apăru și fata. Așa cum eu mi-am dat seama, nu avea prieten și nici nu era din oraș. Hopa!

„Aici trebuie să verificăm terenul" mi-am zis eu și am început cercetările arheologice. Am întrebat mirele cine-i frumusețea și el mi-a răspuns că e verișoara lui de la Sibiu, o săsoaică. O, păi e la fix. Exact ce căutam eu, ca să împușc doi iepuri dintr-o lovitură: însurătoare și plecarea în occident.

Cu însurătoarea la bărbați e cam așa:

se zice că pînă la 25 de ani te însori singur. De la 25 la 30 te însoară părinții, de la 30 la 35 te însoară babele și după 35 te mai însoară...dracu!

Eu eram la începutul perioadei a doua, deci nu era așa periculos. Dar totuși trebuia sondat terenul.

Acasă la chef ne-am petrecut foarte bine. Deși era criză și totul era pe cartelă, au sărit neamurile din Germania cu valută și au tras o masă ca-n povești. Eu eram responsabil cu muzica și nu i-am mai dat mare importanță fetei. Helga, așa o chema, era în vervă și dansa de mama focului. Se mai uita ea la mine și-mi zîmbea, dar eu mă făceam că sînt foarte ocupat cu muzica. La un moment dat a luat ea inițiativa și m-a luat la dans. Din acel moment totul a mers de la sine. A venit noaptea și am „dormit" acolo. Dimineața s-a mîncat dejunul și spre seară urma să plece sibienii spre casă. Helga nu era singură, ci cu părinții. Din discuții am aflat că ei au băgat actele de plecare definitivă de vreo doi ani și sperau să plece în Germania în următoarele trei, patru luni. Deci treaba era pentru mine pefectă. Teoretic, numai nunta lipsea. Dar după o zi de cunoaștere cine se căsătorește așa tam nesam? Ne-am mai vizitat reciproc de două ori și treaba a devenit serioasă, cel puțin pentru mine. Din discuțiile cu ea și cu părinții ei, a trebuit să mă împac cu gîndul că mai trebuie să aștept cu însurătoarea. Ea voia să mergă direct cu ei în Germania. Dacă se mărita cu mine ieșea de pe actele bătrînilor și urma să mai așteptăm iar vreo doi, trei ani pînă să primim acte. Eu aș fi așteptat dar ea nu a vrut. Am stabilit că dacă pleacă, rămînem în contact. După ce ea v-a primi cetățenia germană poate veni în vizită și ne v-om căsători. Suna frumos dar oare să fie și adevărat? Vrînd nevrînd trebuia să aștept. A venit și momentul despărțirii, ca de obicei cu lacrimi și promisiuni. Am petrecut-o la gară și m-am întors acasă cu sufletul distrus. Așa e cînd iubești. Vreo lună de zile nu s-a întîmplat nimic. Într-un sfîrșit am primit o scrisoare de la ea prin care mă anunța că au ajuns cu bine, ce frumos e totul, ca în rai. Despre noi și viitor nici o vorbă. Eu mă perpeleam ca peștele pe uscat. Ce să cred? Au mai trecut două luni pînă la următoarea scrisoare în care mi-a dat de știre că pot uita ceea ce am vorbit. Ea î-și găsise între timp pe altul acolo și nu mai era interesată de persoana mea. Da, exact așa cum e vorba: ochii care nu se văd se uită...la alții. Clar că am suferit și mi-au trebuit cîteva luni de zile pînă mi-am revenit. M-am împăcat cu gîndul că eu sînt răspunzător de mine și trebuie să-mi rezolv singur problemele. De fapt pe lume fiecare dintre noi vine singur și tot așa ne ducem.

Din nou m-am ars, de data asta la inimă! Acum chiar că m-am liniștit cu femeile.

Fabrica, pe care eu o uram, î-mi zîmbea și mă aștepta cu nerăbdare să fac planul socialist. Amintirile de pe urma accidentului mă făcură să fiu mai precaut în ceea ce privește siguranța mea personală. Am învățat că neatenția și graba în combinație cu curentul electric poate avea urmări fatale. Ca să treacă timpul mai ușor, am început în toamna anului 1986 „cariera" mea muzicală. Împreună cu doi cunoscuți am înființat a doua discotecă din oraș. Trebuia să mă adaptez regimului ca să am liniște.

O sală a căminului cultural din comuna învecinată servea ca loc de dans. Clădirea școlii de muzică unde se ținuse discotecă, se dărîmase între timp și capii uzinei au hotărît să facă în locul ei birourile principale așa numita „casă albă".

Deci la căminul cultural din Cireșa era de două ori pe săptămînă dans, așa zisă activitate culturală. Totul se desfășura sub aripa „protectoare" a organizației de tineret UTC și a miliției din oraș. Programul de desfășurare era de la ora 19:00 la 22:00. Bineînțeles că nu lipseau alcoolul și bătăile între trupele rivalizante. Încet trecură anii și nu apăruse nici o ocazie propice pentru ca visul meu să se împlinească. Tăcerea e ca mierea, spune un proverb românesc. Discuții pe marginea acestui subiect erau tabu. Toți cei care aveau ca țel fuga din țară căutau să nu se dea de gol. Nu puteai avea încredere nici în umbra ta.

În toamna lui 1987 avusese loc la Brașov o revoltă a muncitorilor de la „Tractorul" dar a fost repede reprimată mulți ajungînd în spatele gratiilor la pușcărie. Anul 1988 începuse și în țară era tot mai rău. Alimentele și benzina erau raționate, curentul se lua cînd î-ți era lumea mai dragă iar posibilitatea de a emigra legal din țară era pierdută undeva în sistemul solar. Pe vremea aceea nu-mi era în clar cum de tot pleacă șwabii și sașii din țară. Aici în Germania am aflat eu că ei erau cumpărați cu bani grei de guvernul german și Ceaușescu încasa valută. Deci iată dreptatea comunistă!

Trăiască comunismul......la doi metri sub pămînt!

Fiind iarnă începuse și criza energetică. Cei de la blocuri nu mai primeau căldură fără limită ca pe vremuri și trebuia să stea cu pături pe ei. Temperatura în casă nu depășea 12 grade. Lumea era tot mai nemulțumită dar încă nu ajunsese cuțitul la os. Nici discoteca nu mai funcționa ca vara. Era frig în sală. Soba cu gaz, avea un randament scăzut. Și aici se făceau economii, gazul fiind amestecat cu aer. Sufla tare dar nu dădea căldură. Din punctul de vedere al căldurii la mine acasă nu aveam probleme pentru că lemne erau destule. Problema deprimantă era că în ceea ce privește fuga peste graniță, nu apăruse nimic interesant. Ce să fac, la cine să apelez? Ce mă deranja cel mai mult era faptul că un coleg de muncă reușise în primăvara lui 1988 să treacă granița și mie nu-mi spusese nimic de planurile lui. El știa că eu am fost la pușcărie pentru frontieră și probabil că de aceea nu a deschis discuția, fiindu-i teamă să nu fiu urmărit și să aibă el necazuri. Nu îl condamn. Cu siguranță și eu aș fi făcut la fel. Partea proastă era că ceilalți colegi de lucru mă luau peste picior și-și băteau joc de mine că eu nu am reușit și asta mă măcina. Ca să nu arăt că mă deranjează, făceam haz de necaz și glumeam cu ei, dar în sufletul meu se dădea o luptă acerbă:

„Las că vine apă și la moara mea și cine rîde la urmă rîde mai bine. Tot plec eu și să vedem cum o să vă rămînă vouă rîsul în gît.”

Pînă atunci însă trebuia să tac și să înghit. Dacă arătam că mă supăr i-aș fi întărîtat și făceau mai departe glume proaste pe seama mea.

În toamnă 1988, după o vizită a unui fost coleg de muncă la discotecă, starea de presiune psihică m-i s-a agravat simțitor.

Era într-o sîmbătă. Mircea, cu care eu lucrasem pe tură pînă la accident, urcă la mine pe scenă. Mirosul de băutură emanat de el era cam intensiv.

„Salut Dani. Ce mai faci? Văd că ai intrat tare pe felie cu muzica!”

„Salutare Mircea. Măi omule nu te-am mai văzut de o veșnicie! Mie-mi merge bine. Și ție? Văd că ești cam „obosit”.

„Ah, am băut și eu două beri. Nu e așa grav.”

„Tot la laminor lucrezi?”

„Păi unde? Încă nu m-au chemat la casa albă ca să-mi dea un post de director. Apropo. Ce am vrut să te întreb. Ah, da. Auzi....tu mai vrei să pleci sau te-ai răzgîndit?"

„Unde să plec?"

„Cum unde să pleci? În Germania mă omule, unde altundeva?"

În acel moment mă trecu un fior din cap şi pînă în picioare. Colac peste pupăză se mai încurcă şi banda de magnetofon pe care era muzica, aşa că eram tot zăpăcit. Am schimbat repede muzica pe celălalt canal dar pe moment eram în stare de şoc. Ce să fie oare cu întrebarea asta? Noi nu vorbiserăm niciodată despre acest subiect deşi am lucrat mai bine de doi ani împreună.

„Ceva e la mijloc. De unde şi pînă unde vine el să mă întrebe aşa ceva. O fi suflător la securitate şi acu dacă-i băut are curaj şi încearcă să mă tragă de limbă" m-am gîndit eu.

„Păi acuma şi tu, tocmai aici mă întrebi unde nici nu putem vorbi în linişte!" i-am strigat eu în ureche.

„Ai dreptate că nici nu ne auzim ca lumea de larma asta. Mai gîndeşte-te şi să-mi dai un răspuns cît de curînd. Caută-mă prin oraş, la birt, pe la club, sau vii la mine că ştii unde stau. Ceau şi spor la treabă."

„Ok, las că te caut şi mai vorbim" am zis eu.

Cu asta se încheie discuţia. Mircea era bine turmentat şi o luă împleticindu-se spre treapta de la scenă. Orga de lumini îl zăpăci puţin şi el în loc să calce pe treaptă călcă pe lîngă ea. Ca în filme, zbură pe burtă şi se întinse pe orizontală în mijlocul ringului de dans. Norocul lui că nu a picat în cap. Dar cu toată beţia, într-o secundă a fost în picioare ca Hopa Mitică și o luă spre ieșire. Eu am rămas complect dezorientat și cu o grămadă de întrebări la care nu găseam răspuns.

„Nu mă mai agit că și așa era beat. O fi trimis de miliție să mă pună la probă. Las că îi trec lui aburii de băutură și dacă ne întîlnim precis că nu-și mai aduce aminte de discuție. Dar dacă totuși e ceva serios în spatele vorbelor lui? Răbdare și tutun că nu-i de joacă. Om trăi și om vedea."

Eu știam că sînt sub observație. În fond cine nu era? Oamenii legii știau că dacă cineva a încercat o dată să fugă și nu a reușit, va încerca și a doua oară. De aceea trebuia să fiu precaut.

Trecură două săptămîni fără evenimente deosebite. Mă așteptam să primesc vreo vizită de la securiști sau să fiu chemat la interogatoriu, dar nici unul din scenariile de groază pe care singur m-i le făceam nu s-a adeverit. Totul era normal. În schimb, a treia săptămînă mergînd prin centru am dat nas în nas cu Mircea. Nu mai aveam cum să-l ocolesc așa că am intrat în vorbă cu el.

„Servus bătrîne. Unde ai luat-o?"

„Uite mă duc acasă la căldură să beau o cafea. Tu ce mai faci? Te-ai mai gîndit la ce te-am întrebat cu plecatul?"

Din nou un șoc pentru mine! Creierul meu judecă rapid:

„Deci nu a uitat. Înseamnă că e o chestie serioasă. Dar de ce deschide el discuția aici, pe drumul mare, în centru unde umblă atîta lume? Oricine poate să tragă cu urechea și după aia o să am eu greutăți!"

Atunci am zis eu:

„Ce ar fi să vorbim în alt loc, la căldură și o cafea? Hai să mergem la tine că e cam frig."

„Na hai, că bine zici. E frig și cafeaua de la birt e apă chioară și amară."

Am luat-o pe la gară spre blocul unde Mircea avea o garsonieră. Eu eram totuși neliniștit. Nu știam dacă nu cumva ne urmărește cineva și în locuință mă arestează. Nu era de joacă!

Am încercat să maschez starea de neliniște dar ochii mei erau ca de cameleon...în toate direcțiile. Discutînd banalități am ajuns la blocul cu pricina. Primul intră Mircea. Eu am mai aruncat o privire în urmă pentru siguranță dar spre liniștea mea nu era nimeni. Am urcat și eu la etajul patru și am intrat în locuință. Un miros deosebit de plăcut î-mi umplu nările. Era mirosul de cafea naturală pe care eu cam de mult nu-l mai simțisem. Cafeaua ce se găsea de cumpărat, de fapt amestecul oribil denumit „nechezol" sau orzoaică prăjită, era sub toată critica și dacă băgai zahăr. Dar de unde zahăr cînd era totul pe cartelă?

„Măi băiatule, păi tu o duci ca-n filme. Ce ai tu acolo, că m-ai amețit cu mirosul ăsta?"

„Ce să am Dani? Cafea nemțească Jacobs. Păi ce eu te chem la mine să bei nechezol? Aia puteam să bem și la cîrciumă. Uite aici, ceva marfă rară și bună, nu poșircă" și-mi arătă pachetul de cafea.

„Păi? Ai spart vreun shop sau ai relații la vamă?"

„Într-un fel să știi că am. Mama are pașaport de mic trafic și poate să mai aducă din cînd în cînd cîte ceva de la sîrbi. Am fost la ea săptămîna trecută în vizită și am primit și eu un pachet de cafă bună. Altfel de unde? Ce eu am bani să dau pe așa ceva? E scumpă rău."

„Aha.. Deci așa stau lucrurile. Acuma înțeleg și sensul întrebării tale cu fuga. Știi...am avut îndoieli, să te iau în serios sau nu. Erai și pilit. Bine că nu ți-ai rupt ceva cînd ai căzut. Te-am văzut pe scenă și în secunda următoare ai dispărut. Nu știam ce-i cu tine pînă ai sărit ca pe arcuri în picioare și ai ieșit afară."

„Oh, nu mai î-mi aminti! Am fost tot vînăt pe genunchi. Am stat acasă trei zile în medical cu piciorul și două săptămîni am avut dureri. După ce am picat mi-au trecut repede și aburii de alcool din cap de durere. M-am mai și făcut de rîs printre copii ăia din sală. Dar ce să fac dacă m-au orbit luminile tale? Acuma merge" răspunse el zîmbind.

„Deci întrebarea ta m-a pus serios pe gînduri. Deși am lucrat împreună și tu știai că eu am fost la Popa Șapcă, nu m-ai întrebat niciodată și nici nu am discutat despre fugă. Î-mi făceam gînduri că poate ești și tu un ciripitor la poliție și vrei să mă pui la încercare. Subiecte de genul ăsta nu se discută în public."

„Te înțeleg. E doar clar de ce nu te-am întrebat atunci cînd erai proaspăt ieșit de la studiile superioare de după gratii. Și mie î-mi era tîrșală că tu cooperezi cu șarlatanii și mă mai trezesc eu cu vreo bombă. Poliția știa că o am pe mama la graniță și mă gîndeam că poate de aia ne-au pus să lucrăm pe aceeași tură, ca să vadă dacă nu cumva te ajut să o tai iară. Așa ne aveau pe amîndoi în vizor. După aia, tu ai plecat la Timișoara și nu ne-am mai întîlnit."

„Deci asta era! Acuma am deschis ochii. Pînă nu începem să vorbim despre lucruri serioase, ia pune acolo o cafeluță că-mi plesnește acuși nasul de mirosul ăsta fantastic. Cred că am un an de cînd nu am mai băut așa ceva. Am găsit Ness la Ociko în Lugoj, dar e prea tare și nu-mi place. Tremur după el. Și acuma tremur...dar după cafă bună de Jacobs. Mmmmm, ce deliciu. Excelentă. Poate că am să beau cîndva în Germania la litru și zilnic!" și am sorbit cu nesaț cafeaua.

„S-ar putea ca dorința să se îndeplinescă mai repede decît crezi. Depinde în primul rînd de tine dacă vrei sau nu."

„Hai mă, lasă vrăjeala și nu mă mai prosti la cap. Cum adică să nu vreu. Asta visez zi și noapte, de șase ani de cînd am ieșit din cloaca aia de pușcărie! Începe o dată și dă cărțile pe față! Nu mă mai ține în tensiune că dau în bîlbîială."

„Ok, ok, nu te ambala așa. Chestia e simplă. Mama stă la Gruia nu departe de graniță, de fapt de Dunăre."

„Stai puțin. Nu e asta pe lîngă hidrocentrala Porțile de fier 2?"

„Exact."

„Păi da, dar acolo nu departe e și granița cu bulgarii sau nu? Și dacă ajung acolo și ăia mă prind, mă dau înapoi că și la ei e ca la noi, sărăcie și teroare!"

„Stai mă și nu sări așa. Mă lași să vorbesc? N-ai ce să cauți acolo, că pînă la bulgari mai sînt opt kilometri. Nu ajungi tu pînă acolo."

„Cît e de lată albia Dunării?"

„Păi, mai bine de un kilometru"

„Și cum să ajung dincolo la sîrbi? Înot? Mă mai înec și mă duc direct în paradis."

„Cu barca mă omule, nu înot, că-i prea departe."

„Așa da, numai că barca trebuie și ea să ajungă acolo și nu văd cum."

„Măi Dani, lasă asta pe mai tîrziu și zii ce faci. Vrei să o tai sau nu?"

„Clar că vreau și asta cît de curînd!"

„Ok, dar mai e o problemă. Avem nevoie de doi oameni de încredere care vor să fugă cu tine. Vreau să fac și eu ceva bani, dacă tot î-mi asum riscul ăsta. Dacă ne prind boactării, ajung și eu ca și voi în pușcărie, dar eu primesc mai mult ca voi, fiind călăuză. Deci trebuie căutați încă doi candidați pentru ca acțiunea să aibă loc. Știi pe cineva?"

„Asta nu e o problemă, dar mai întîi spune cît vrei."

„Eh, nu e așa mult. 20.000 de lei de căciulă. Un pașaport costă 70.000 și nu ești sigur dacă nu te agață frații. Rămîi și fără bani și te bagă la zdup."

În clipa următoare m-am desumflat ca un balon înțepat. M-am și înecat cu cafeaua și am izbucnit într-un recital de tuse. După ce m-am liniștit începu să-mi lucreze computerul din cap:

„Hmm. De unde să iau eu acu 20 de miare cînd eu nu am un ban la capul meu adunat? Pot să uit. Acuma cînd în sfîrșit a apărut, după atîta amar de vreme o ocazie, nu pot să profit că nu am bani. Ai mei nu aveau rezerve și eu nici nu voiam să cer. Tot luptînd cu gîndurile mele nici nu îl mai ascultam pe Mircea. Cred că am și devenit cam palid că el mă zgudui puțin.

„Hei bătrîne! Ce-i cu tine? Ție rău? Ești cam alb la față! Într-adevăr e cam mult fum aici. Stai că deschid fereastra să se aerisească puțin" și se ridică să deschidă geamul.

„Na, e mai bine acu? Ți-ai revenit?" întrebă el.

„Cum să î-mi revin? Nu mai am cum. Nu e de la țigări..... e de la bani"

„Ce bani? Ce tot vorbești aici în limbi străine? Cum să-ți fie rău de la bani?"

„Păi cum să nu-mi fie rău omule? De unde să iau eu acu 20 de miuțe? Cine-mi dă mie atîta putere de bani? După șase ani de așteptare, primesc în sfîrșit o știre bună și acuma a și dispărut ca și cînd nu ar fi fost. Î-mi pare rău dar trebuie să cauți pe altcineva că eu nu am de unde să fac rost de atîția bani."

„Măi berbecule, hai că mă enervezi! Cine a zis mă, că tu trebuie să plătești? Am spus eu asta? De ce crezi tu că avem nevoie de încă doi?"

„Nu știu."

„Păi uite că-ți spun eu. Ca ei să plătească și tu mergi degeaba. Tu nu plătești nimic măi capsomanule!"

„Uhhhha. Așa da. Dacă nu te exprimi clar eu ce să înțeleg? Acum mi-am revenit. Sînt mulți bani și n-am de unde să iau, numai dacă sparg filiala CEC din oraș" am răspuns eu zîmbind cu gura pînă la urechi.

„Și ca să fie o chestie plauzibilă, să nu creadă băieții că le trag plasă, poți să le spui că tot eu i-am dus și pe frații Müller acuma o lună. Precis ai auzit de ei că au trimis vedere din Belgrad" zise el.

„Așa deci? Tu ai fost călăuza? Păi atunci e clar. Șansele de a evada sînt foarte ridicate. Precis o să fie băieții de acord, numai să aibă banii. Las că vorbesc eu cu ei" am zis eu entuziasmat.

„Deci, sarcina ta e să mai cauți doi șmecheri care vor să plece dar să aibă și banii. Ai grijă ce vorbești și cu cine, să nu ne trezim cu securitatea la ușă. Eu am schimb de noapte și mă pun acu să mai dorm vreo două ore. Tu vezi ce faci și nu te grăbi."

„Fii fără grijă că nu am nici un chef să ajung iar după gratii. Doar sînt Stan Pățitu. De data asta trebuie să funcționeze totul ca pe roate. Cînd am noutăți te caut. O seară plăcută și mulțumesc de cafea. Acuma parcă are un gust și mai bun."

M-am ridicat și am plecat. Eram așa de emoționat de parcă aș fi fost proaspăt îndrăgostit. El locuia la etajul patru. Pe trepți am sărit cîte trei o dată și-mi venea să chiui, să urlu de fericire. Am și alunecat cu un picior și era să cad grămadă dar am avut noroc că m-am ținut de balustradă. Poate că e greu de înțeles, dar fiecare, dacă își dorește ceva, toată presiunea acumulată, în cazul meu în șase ani de zile, se eliberează într-un interval de timp scurt și are o influență deosebită asupra psihicului. Eram ca turmentat. Să fie oare adevărat? Se părea că da. Am luat-o la pas grăbit spre casă și mă gîndeam pe cine să acostez, cine ar fi indicat dintre cunoștințele mele pentru această excursie riscantă. Aveam la lucru un coleg, pe Fritz, despre care știam că are neamuri în Germania, dar nu vorbisem cu el niciodată despre plecare. Acum trebuia să-l iau la interviu, să văd ce intenții are. Știam că familiar nu era prea bine la el. Era pe punctul de a se divorța și starea lui psihologică nu era de loc ușoară.

Cap. V

A visa, înseamnă să privești în spatele orizontului
(Proverb kenian)

La servici nu voiam să deschid discuția despre evadare. Destinul a lucrat însă în favoarea mea. Peste o săptămînă avea Fritz ziua de naștere. Am fost și eu invitat la el acasă. Acolo puteam să abordez discuția. Au mai trecut cîteva zile în care eu mi-am făcut scenariul discuției cu el și a venit în sfîrșit mult așteptata sîmbătă cu aniversarea. Spre seară ne-am adunat mai mulți colegi și a început cheful. Ca la orice onomastică, primul lucru a fost oferirea cadourilor, urările de bine și sănătate. Apoi a urmat închinarea cu alcool, de obicei țuică și mai tîrziu mîncarea. După ce am băut cîte ceva, mi-am luat inima-n dinți și l-am luat pe Fritz deoparte.
„Hei Fritz, hai puțin că vreau să te întreb ceva.”
„Zii bătrîne.”
„Cum stai cu planurile de plecare?”
„Plecare unde?”
„În Germania, unde?”
„Pssst. Ești nebun la cap? Doar știi că șefu nostru e secretar de partid. Dacă aude? Ce faci tu? Vrei să avem greutăți? Las că vorbim altă dată nu acu. Acuma e chef. M-ai făcut curios și o să ne întîlnim la tine acasă să vorbim. Oricum ne întîlnim la fabrică luni. Nu acuma ok? Tre să mă ocup de oaspeți și nici la cap nu sînt prea clar.”

„Ai dreptate. Așa facem. Sănătate și încă o dată la mulți ani tinere!"

„Hai să mai bem o dușcă băieți" am strigat eu.

Țuica avea acum un gust deosebit. Eram fericit că am făcut încă un pas înainte înspre țelul meu de a pleca din România. Era un pas mic, dar făcut înainte și nu pe loc sau înapoi.

S-a servit masa și după vreo două ore am simțit că nivelul de alcool din venele mele e cam ridicat. Dacă mai continuam trebuia să dorm la Fritz. M-am oprit la timp. În stagiul acesta mai aveam o șansă să ajung cu bine pînă acasă. Mi-am luat rămas bun și am luat-o spre casă. Fiind iarnă, se întunecase repede. Era și ceva zăpadă dar nu prea mare. Cu toate că eram turmentat am avut grijă și am umblat precaut, să nu alunec să-mi rup și eu piciorul așa cum s-a întîmplt cu vecinul Johann la prima tentativă ce eșuase în 82.

Luni l-am întîlnit din nou pe Fritz la fabrică și am făcut un termin de întîlnire la mine acasă, eu locuind în apropiere.

A venit ziua cu pricina și i-am expus situația:

„No Fritz, acuma putem să vorbim deschis. Problema se prezintă în felul următor:

Am găsit pe cineva de încredere care să ne ducă la Dunăre și să o tăiem în Sîrbia. Eu am lucrat cu el la laminorul 550. Și el e electrician ca și noi. De fapt el m-a găsit pe mine. Tu știi că eu fac discotecă la Cireșa. Acum vreo trei săptămîni, m-am trezit că urcă pe scenă vine spre mine și mă întreabă dacă mai vreau să plec din țară. Bineînțeles că nu l-am luat în serios pentru că era cam matol, dar am rămas blocat. Nu mă așteptam de la el la așa ceva. Noi am lucrat împreună doi ani pe tură, el însă nu a deschis niciodată discuția în direcția asta. În fine, am așteptat încă vreo două săptămîni să văd ce se întîmplă. Î-mi era frică să nu fie un turnător la securitate și să mă trezesc că mă cheamă băieții la vorbitor. Eu i-am spus că am să-l caut, dar de unde, că l-am ocolit în oraș cînd l-am văzut. Săptămîna trecută însă am dat nas în nas cu el și nu am mai avut ce face, a trebuit să mă întrețin cu el. M-a invitat acasă și ce crezi că mi-a servit? Cafea bună. Închipuiеți că noi cu neamuri în Germania nu ne permitem să bem Jacobs și el avea. Egal. Cafeaua a fost superbă ca și știrea pe care mi-a dat-o. El e de la Gruia lîngă Dunăre și o mai are pe maică-sa acolo care merge la sîrbi cu micul trafic. Problema e că afacerea costă 20.000 de lei de cap de vită furajată. Dacă nu plecăm acuma atunci cînd? E o ocazie unică."

„Ho, ho, ho! Stai așa și ia-o mai încet că amețesc. O avea el pe maică-sa acolo dar asta nu ne scutește de controalele de pe șosea plus grănicerii de la marginea Dunării. Și cum să ajungem la sîrbi, înot?"

„Cu barca cum altfel?"

„Ai înebunit? Sau nu te-ai trezit încă din beția de la ziua mea? Păi ce, tu umbli cu barca așa cum vrei și te plimbi pe graniță ca la tine în grădină? Tu ai mai mușcat o dată cu șase ani în urmă. Ce vrei, să mușcăm acuma împreună? Eu nu am chef să stau după gratii, să fie clar. Și pentru asta să mai dau și o grămadă de bani. Deci să-mi cumpăr singur condamnarea la închisoare? Păi ce crezi că am căpiat?"

„Ho, ho, ho. Acuma ia-o tu mai încet și nu te agita așa, că încă nu știi tot. Nici eu nu știu cum ajungem și cum trecem, dar am un argument care te va face să te mai gîndești. De frații Müller precis ai auzit, sau nu? Acum o lună au tuns-o la sîrbi și se pare că sînt deja în Germania. Cine crezi că tu i-a dus și cum au trecut?"

„Să nu-mi spui că Mircea ăsta!"

„Ba tocmai asta-ți spun, că el e. Dar dacă nu te interesează nu are rost să mai întreținem discuția. Găsesc eu pe altcineva. Or fi destui care de abia apucă să plece din cloaca asta comunistă. Uităm că am vorbit și îngropăm ce am discutat" am zis eu dezamăgit.

„Stai că nu merge așa! Adică cum? Î-mi arunci momeala ca la pește și mi-o iei repede din fața nasului? Dacă așa stau lucrurile clar că mă interesează. Ce crezi că numa tu suferi? Gîndește-te că ai mei au fost în vizită în Germania și s-au întors după o lună. Am crezut că mă lovește damblaua. Alții se joacă cu moartea ca să treacă și ei se întorc. Cică să fie corecți! Eu nu am vorbit trei luni de zile cu ei după ce au venit înapoi. Și eu vreau să dispar de aici cît mai repede!"

„Ok. Atunci sîntem pe aceeași lungime de undă. Mai știi pe cineva de încredere, care ar vrea să plece?"

„Păi ar fi cineva. Am să-l abordez la o discuție să văd ce zice."

„Bun Fritz. Și acuma ascultă aici ce-ți povestesc eu. Ca să vezi ce ți-i viața asta și ce farse î-ți joacă uneori. Acum cîteva zile am fost la un pas de infarct! După discuția cu Mircea la Disco eram ca pe ace că nu știam dacă nu cumva o fi și el un ciripitor la securitate. Măi omule și ce crezi că pățesc! Am ieșit pe la vreo trei după amiază să curăț zăpada din curte și să mă mai dezmorțesc puțin. La un moment dat încep cîinii de pe stradă să latre.

„Da ce o fi aici că latră joavinele astea ca nebune?” m-am întrebat eu și mă duc spre poarta de la stradă să văd ce e. Două mogîldețe urcau dealul încet. Mai stau puțin pînă se apropie și văd că au uniformă albastră și chipiu cu dungă roșie. Am rămas ca împietrit. Nici nu am mai putut să fac un pas. Ce vor ăstia de la mine? Precis m-a dat în gît Mircea! Dar ce să fac? Unde să mă ascund? Oricum era prea tîrziu că ei deja m-au văzut. Tremuram de frică, nu de frig. Ajungînd în fața porții mă salută și mă întreabă unde locuiește Dobre. Ghiță Dobre e vecinul meu de vis a vis. Cu ăsta am mai avut eu probleme mai de mult că el furase una și alta și a dat vina pe mine că eu l-am influențat și că am fost cu el. În fine, le-am spus că nu l-am văzut și nu știu dacă e acasă. Se iau tablagii, se duc la el la poartă și intră pe ușă. Eu am fugit repede în casă și spionam pe geam după perdea, să văd ce se întîmplă. Cum au intrat polițaii în curte, așa au și ieșit. Ca la desene animate, ei fugeau și cîinele lui Dobre după ei. Am pufnit în rîs și mă distram. Într-un sfîrșit s-a liniștit dulăul și tata lui Ghiță a ieșit afară. Apoi toți trei au intrat împreună în curte după ce cîinele a fost imobilizat. După vreo 10 minute iese primul tablagiu pe poartă. După el Ghiță cu două biciclete pe umeri, una în stînga alta în dreapta. La un interval scurt de timp iese tata lui cu două foi de tablă pe spinare și al doilea polițist după el. Toți pe rînd în șir indian o luară pe deal în jos. Manevra asta se repetă încă de două ori după care se făcu în sfîrșit liniște. Eu era gata ca bateria de la șocul ce-l primisem. Î-ți dai seama prin ce emoții am trecut? Deja mă vedeam iar la Popa Șapcă după gratii! În noaptea aia nu știu dacă am dormit două ore. Da, așa cu tablagii, prietenii mei cei „dragi". Deci vecinul meu iubit furase din nou și boactării l-au săltat. Bine că nu m-am înhăitat cu el că eram iar la zdup în loc să fiu acuși în Germania!"

„Doamne ajută că ai scăpat cu bine. N-aș fi vrut să fiu în pielea ta! Na, fii atent. Deci eu vorbesc cu celălalt candidat să vedem dacă are banii și dacă vrea să vină. Am să te țin la curent cu mersul lucrurilor" zise el.

„Bun. În cazul ăsta eu aștept și dacă apar ceva noutăți mai vorbim. Dar pînă nu știm ce și cum, să fim precauți ca să nu avem surprize. Ne întîlnim și așa la lucru dar e mai bine să nu abordăm discuții pe tema asta sau?"

„Așa-i Dani. Ok. Eu o tai spre casă că mai am ceva treabă. Ne auzim. Salutare" și a ieșit pe poartă. Eu am rămas cu un sentiment de mulțumire și bucurie în suflet. În sfîrșit toate-s bune și frumoase. Totul merge în direcția pe care eu mi-am dorit-o! A doua zi am discutat şi cu tatăl meu şi el a zis că dacă e aşa cum eu i-am povestit avem toate şansele să reuşim. Asta mi-a dat încă o doză de curaj în plus. După vreo trei zile la servici, mă trage Fritz la pauza de masă deoparte şi-mi dă raportul:

„Vezi că am vorbit. Treci deseară pe la mine că vine şi al treilea muşchetar. Să-i spui şi lui ce mi-ai spus mie. Vino pe la ora şase. Dar verifică să nu te urmărească cineva şi ţine-ţi gura. Nu spune la nimeni nimica. Tăcerea-i ca mierea. Deci după şase la mine."

„Am înţeles domn şef" am răspuns eu rînjind satisfăcut. Cu nerăbdarea de rigoare m-i se părea că orele sînt zile. În sfîrşit se făcu seară şi am plecat spre locuinţa lui Fritz. Totul era în regulă, nimeni nu mă urmărea. Am intrat pe poartă şi în casă de cine dau? De un cunoscut care stătea la masă cu Fritz. Era Matei, bărbatul verişoarei nevestei lui Fritz. Oricum asta nu mai avea importanţă prea mare. Important era ce hotărîseră ei. De ei depindea reuşita acţiunii pentru că era vorba de bani.

„Na băieţi, cum stăm cu acţiunile? Iese ceva sau pică tot?" am întrebat eu bine dispus.

„Păi deocamdată stă totul pe loc. Ia povesteşte şi lu Matei despre ce e vorba" zise Fritz.

Am reluat informaţiile ce i le dădusem lui Fritz şi se părea că am reuşit să-l conving şi pe Matei. Era clar că detaliile trebuiau discutate şi cu Mircea, dar cel puţin ştiam că ei vor să participe la acţiune. Ne-am mai ospătat cu ceva ţuică, aşa cum era obiceiul la noi în Banat, şi am luat hotărîrea ca eu să mă duc la

Mircea să facem un termin ca să discutăm ce mai e de făcut. Erau destul de multe lucruri neclarificate.

Peste o săptămînă am făcut cu el un termin pentru întîlnirea la nivel înalt. Le-am transmis și celorlalți doi data și ora și ne-am întîlnit grămadă. După cîteva minute de discuții banale ne opri el și treaba deveni serioasă.

„Măi fraților acuma e momentul să discutăm despre problema noastră. Știu că mai sînt cîteva puncte ce trebuie clarificate și de aceea ascultați bine. Deci, eu sînt de loc de la Gruia în sudul Olteniei unde am trăit pînă la 15 ani. Apoi am venit la Oțelu să fac școala profesională și am rămas aici. Jos mai am un frate și pe mama. Am înțeles că v-ați hotărît și aveți banii. Bun. În cazul ăsta să o luăm de la început. În primul rînd v-ați întrebat cum ajungem acolo. Cu trenul nu avem nici o șansă pentru că legăturile sînt proaste și nu scăpăm de controale. Deci rămîne a doua posibilitate, cu mașina. Am înțeles Fritz că taică-tău are mașină. Ia să vorbești cu el dacă vrea să ne ducă. Dacă nu, trebuie să găsim un șofer și o mașină. Problema e că eu nu vreau să trec cu voi și trebuie să mă întorc la Oțelu. Pe drum înapoi nu mai e nici un risc pentru că eu am neamuri și spun că am fost la mama în vizită. Așa. Acuma e vorba de trecerea Dunării. Pînă la malul sîrbesc e cam un kilometru. De înnotat e cam problematic și durează mult, curentul de apă fiind aici foarte puternic. Deci aveți nevoie de o barcă gonflabilă. Asta trebuie voi să o rezolvați. Atunci mai aveți nevoie și de bani sîrbești, de dinari cu care să plătiți trenul pînă la

Belgrad. De asta mă ocup eu. Mă duc într-o duminică la Orșova la Ocico și schimb acolo lei în dinari. Asta nu e nici o problemă. Ca voi să aveți șanse reale la sîrbi, trebuie să ajungeți la Negotin și de acolo să luați trenul spre Belgrad unde să dați neapărat de ambasada germană și să vă înregistrați, apoi la sediul Onu. Altfel vă dau sîrbii înapoi în țară. Hai să vă arăt pe hartă unde e și pe unde o să treceți."

Ne-am adunat ca albinele la miere în jurul lui și ascultam cu atenție ceea ce el ne spunea.

„Deci, Gruia e lîngă barajul de la Porțile de fier doi, aici nu departe de granița cu Bulgaria. Dar asta nu ne deranjează pentru că pînă acolo mai sînt cam opt kilometri. Planul e clar:

Plecăm cu mașina din Oțelu. Ajungem la locul cu pricina. Aici ne oprim și coborîm cît se poate de repede fără să facem larmă cu ușile. Șoferul se întoarce, merge cam 10 minute în direcție opusă după care revine să mă ia pe mine. Eu vin cu voi, vă ajut la despachetat și umflat barca și mă reîntorc la șosea unde marchez locul cu un prosop pe margine ca șoferul să vadă unde sînt. Voi o luați spre Dunăre, eu și șoferul ne reîntoarcem la Oțelu. Cu asta s-a terminat acțiunea în ce mă privește pe mine. Pe voi doar cel de sus vă mai poate ajuta. Ah, da, am uitat ceva. De la locul pe unde treceți la sîrbi, trebuie să găsiți o cale ferată pe care mergeți pînă la Negotin și de acolo luați trenul spre Belgrad unde vă prezentați la ambasada germană și apoi la sediul ONU. E simplu nu?"

„Da clar. O joacă de copii. Și barca de unde o luăm și unde o ascundem?"

„Barca vă privește pe voi de unde faceți rost. Unde am putea s-o punem decît în portbagaj? Doar e făcută pachet. Mai aveți întrebări?"

Noi eram toți zăpăciți de atîtea detalii într-un timp așa de scurt că nu mai aveam întrebări.

„Ok. Dacă nu mai e nimic atunci săptămîna viitoare, joi, ne mai întîlnim o dată noi doi Fritz. Î-mi aduci 5000 de lei să cumpăr Dinari de la Orșova și să-mi spui dacă tatăl tău vrea să ne ducă cu mașina. Pe mine știți unde mă găsiți dacă mai sînt probleme. Aveți grijă cu cine și ce vorbiți. O seară plăcută băieți și nu vă faceți griji că o să fie bine. Salutare" încheie Mircea.

Și asta a fost. Am plecat toți trei spre casă fără să scoatem o vorbă. Era o atmosferă atît de încărcată de parcă ar fi fost sfîrșitul lumii. De fapt se apropia sfîrșitul chinului și începutul unei vieți noi. Teoretic. Dar pînă acolo mai era un drum lung și anevoios. Aveam multe întrebări la care nu puteam primi un răspuns. O să funcționeze tot bine? O să găsim barcă? V-a fi de acord tatăl lui Fritz să ne fie șofer? V-om reuși cu bine să traversăm Dunărea? Și dacă da, ce ne așteaptă în Iugoslavia? Nu ne dau sîrbii înapoi?

Capetele noastre erau supraîncărcate...

În cursul săptămînii următoare s-a hotărît tatăl lui Fritz să ne ducă, ceea ce ne-a ridicat sensibil moralul. Mircea a rezolvat cu dinarii iar Fritz ne dădu o veste foarte bună cum că ar fi găsit pe cineva care poate să facă rost de o barcă stabilă ce duce pînă la 300 de kg. Mai perfect nici că se putea! Știrile pozitive nu se mai terminau! După vreo două săptămîni a apărut barca și Fritz ne-a chemat la el acasă să facem repetiții, adică să vedem cît durează pînă despachetăm barca și o umflăm. Ne pregăteam ca pentru o competiție. Unul din noi avea cronometru și măsura timpul ce era necesar ca barca să fie umflată. Nu puteam decît în doi să facem asta pentru că barca avea doar două ventile. Unul trebuia să lucreze cu pompa și celălalt să sufle cu gura. După ce barca era umflată săream în ea, Fritz prelua vîslele și începea să vîslească. Mai ne apuca cîteodată și rîsul situația fiind comică. Să stai în barcă și să vîslești pe uscat..... Dar și de antrenamentul ăsta depindea reușita excursiei noastre. Timpul trecu fără surprize, veniră sărbătorile de Paști în Aprilie și vremea se încălzea încet. Natura se trezea la viață, totul înverzise și starea noastră psihică pozitivă se îndrepta spre punctul culminant. La începutul lui Mai eram așa de departe că puteam să facem pasul spre libertate. O întîlnire ne mai stătea în față. Ultimele detalii și data plecării mai trebuiau stabilite. Din nou ne-am adunat la Mircea și după dezbateri intense am ajuns la concluzia că cea mai potrivită dată ca să evadăm ar fi fost 24 Mai. Era o zi de miercuri. Seara se desfășura finala cupei campionilor la fotbal. Finaliștii erau AC Milan și Steaua București. Era clar că trecerea v-a avea loc seara și exact la ora cînd se transmitea meciul. Cine să mai stea la controale pe șosea sau pe malul Dunării cînd e așa un eveniment deosebit? În 1986 cîștigase Steaua cupa și acum speranțele suporterilor erau că Steaua v-a cîștiga din nou. Și așa nu era cine știe ce la TV de văzut, dar la meci se uitau toți. Deci noi aveam o șansă în plus de reușită. Fritz se mai deplasă o dată cu Mircea cu mașina la el acasă la Gruia, ca să studieze terenul. Știrea că Dunărea a trecut peste mal și a inundat păduricea prin care noi trebuia să trecem ne-a neliniștit puțin dar pînă la plecare mai aveam o săptămînă în care speram să nu mai plouă și apa să se retragă. Pe data de 24 Mai, seara la ora 18:00 s-a stabilit întîlnirea. Locul era ceva mai jos de centrul orașului, unde se stătea la ocazie către Caransebeș. Mircea era deja acolo cînd am apărut eu. La un moment dat se apropie de noi un individ și veni direct spre noi. Era Didi. Eu îl cunoșteam, dar el nu era cu noi în trupă. Se oprește la noi, salută și stă cu noi.

„Salut Didi. Ce faci? Mergi la oraș?"

„Da. Merg cu voi."

„Cum să mergi cu noi?"

„Uite așa. Și eu merg unde mergeți voi!"

„Lasă-l Dani, că Matei a renunțat și în locul lui a venit el" zise Mircea.

„Aaa. Păi zii așa. De unde să știu eu ce manevre a-ți făcut? Dacă-i așa, bine ai venit sau bine că ai venit Didi. Uite că vine și taxiul nostru" și Dacia lui Fritz se opri în dreptul nostru. Ne-am făcut că vrem să mergem la ocazie întinzînd mîna și arătînd cu degetul direcția, ca lumea să nu bănuie nimica.

Cinci bărbați într-o mașină era cam bătător la ochi. Am urcat și am plecat. În mașină era o tăcere apăsătoare. Cam un sfert de oră a fost o liniște mormîntală. Nu se auzea decît zgomotul motorului și al cauciucurilor ce rulau. Toți eram ca electrizați și speram să nu vină vreo mașină în urmărirea noastră. După ce am trecut de Caransebeș a scos Fritz o sticlă de țuică și am luat fiecare cîte o dușcă bună ca să mai prindem curaj. După aceea parcă toate problemele au dispărut. Era ca și cum am fi mers la tîrg. După Turnu Severin am ieșit de pe drumul național și viteza de deplasare a scăzut simțitor. Cu cît ne apropiam de destinație, cu atît se înrăutățea calitatea șoselei. Vremea era bună. De vreo cîteva zile nu mai plouase, deci speranțele noastre că Dunărea se v-a mai retrage erau mari. În sfîrșit, după circa patru ore am ajuns la punctul de trecere fără să fi avut controale. Locul era marcat de Mircea cu un ziar și acolo ne-am oprit. Ca la trupele de comando am sărit toți din mașină, am scos barca și ne-am luat fiecare plasele cu actele și un rînd de haine curate pe care urma să le îmbrăcăm după ce ajungeam la sîrbi. Șoferul, tata lui Fritz, a întors și a plecat. Noi am sărit în tufele de pe marginea șoselei și am ascultat atent cîteva clipe. Nu se auzea nimic. Ne-am ridicat și am luat-o ca din pușcă spre pădurice. Contrar speranțelor noastre, apa nu se retrăsese decît puțin așa că a trebuit imediat să umflăm barca. Nu știam cît de adîncă e apa. Putea să fie pînă la genunchi dar putea să fie și de doi metri. Era noapte, înnorat și începuse să picure încet. Am umflat rapid barca, ne-am luat rămas bun de la Mircea și am sărit pe rînd în ea. Toată treaba a durat 10 minute. Repetițiile noastre pe uscat la Fritz acasă s-au rentat. Fritz prelu imediat vîslele. Eu cu Didi îl dirijam, el fiind cu spatele către direcția de deplasare. Era ceva ireal. În pădure, pe o beznă de să-ți scoți ochii, descurcă-te! Cum vedeam cîte un luminiș o luam spre el. Am avut noroc că nu am dat de tufișuri cu spini. Cu siguranță barca noastră ar fi devenit nefolositoare. După aprecierile mele, ne-am plimbat în zig-zag vreo jumătate de oră pînă am dat de o porțiune uscată. Aici am luat barca pe sus și am dus-o vreo 50 de metri pînă la albia Dunării. Fritz a sărit în apă și a ținut de barcă pînă eu cu Didi am urcat. Apoi l-am tras și pe el înăuntru. Curentul de apă era așa de puternic încît în cîteva secunde am și fost aproape 100 de metri mai jos de locul în care ne-am îmbarcat. Fritz a început să vîslească din toate puterile și a reușit cu chin cu vai să stabilizeze barca. În partea stîngă, cam la un kilometru distanță, se vedea impunătoarea siluetă a barajului „Porțile de fier doi". Ca de obicei, pe partea românească luminau două becuri, iar la sîrbi parcă era Crăciun. Pînă și aici, la sursa de curent, se mai economisea. De neînțeles. Dar nu asta era preocuparea noastră, ci să ajungem cît mai repede dincolo în libertate. Nu se auzea decît vuietul surd al Dunării și plescăitul regulat al vîslelor în apă. Mă uitam cu îngrijorare în toate direcțiile să văd dacă nu apare vreo lumină. Era pericol să se ivească vreo

barcă a grănicerilor în patrulă. Auzisem atîtea
povești înspăimîntătoare despre cazuri cînd fugarii
au fost împușcați sau au trecut pur și simplu cu
barca peste ei ca să-i înece. În creierul meu făceam
scenarii care din fericire s-au dovedit neîntemeiate.
Trecerea a durat cam vreo 20 de minute și a fost
întreruptă de două evenimente. Primul a avut loc
cam pe la mijlocul Dunării. La un moment dat Fritz
și-a ieșit din ritm cu vîslitul și deodată ne-am întors
în jurul axei spre malul românesc! Imediat l-am
atenționat și el a redresat barca. Era și normal ca
după atîta stress și o noapte nedormită să i se
piardă concentrația. Am făcut puțin haz de necaz pe
tema asta.
„Ce faci tu? Vrei să ne duci înapoi la români? Peste
vreo doi ani cînd venim cu un BMW dar nu acuma,
că ne bagă la zdup tovarășii" am zis către el.
Încet dar sigur ne apropiam de malul sîrbesc.
A doilea șoc a fost mai puternic. Să mai fi avut
poate 100 de metri de mal, deodată apăru o lumină
puternică ce rămase cîteva secunde focusată direct
pe noi. Ne-am speriat și am rămas ca hipnotizați.
„Fraților sîntem pierduți. Asta-i patrula" am zis eu.
Dar interesant că la scurt timp lumina a dispărut. Eu
pot vorbi doar pentru mine. Ceea am simțit în clipa
aceea e de nedescris! Atît de aproape de țel și acum
să se spulbere totul! Sînt sigur că și ceilalți au simțit
la fel ca și mine cuțite în stomac. Adrenalină la nivel
maxim!
Eu știam ce ne așteaptă dacă românii pun mîna pe
noi. Urmările erau o bătaie bună la graniță și din

nou pușcăria. Dar ce era frapant în toată povestea asta era că lumina dispăruse complet. Ce se întîmplă aici? Î-și bate cineva joc de noi și vrea să se joace cu noi? Or fi fantome? După ce ne-am mai apropiat de mal am văzut că nu erau nici extratereștrii și nici patrula. Pe malul sîrbesc se lucra la o balastieră. De acolo veneau și plecau mașini de transport care fiind noapte aveau farurile aprinse. Atunci am respirat ușurați... Am ajuns cu bine la mal, am sărit din barcă, ne-am dezbrăcat de hainele de pe noi și le-am aruncat. Am îmbrăcat hainele curate, Fritz a înțepat barca și a împins-o în apa mai adîncă să se scufunde. Urmele trebuiau șterse. Scurt înainte de a pleca de pe mal am auzit un zgomot deosebit. Erau valuri. Valuri? De unde valuri că vîntul nu bătea de loc. Ce să fie aici, strigoi? Uitîndu-ne spre malul românesc am văzut silueta unui șlep uriaș ce urca pe apă în direcția barajului. Am rămas toți trei blocați și nu am scos o vorbă. Eu cel puțin mi-am imaginat ce s-ar fi întîmplat dacă acest șlep ne tăia calea sau dădea peste noi. Cu siguranță că eram hrană la peștii din Dunăre. De visat nu era timp, așa că am plecat rapid de la locul unde am debarcat. Am luat-o înspre sat ca să ajungem la calea ferată ce ducea la Negotin. Satul unde noi ne aflam se numește Prahovo. De-abia acum, cînd eram siguri că am trecut, am început încet să ne trezim la realitate. Ne uitam la numerele de circulație de pe autoturisme și nu ne venea să credem că sîntem în sfîrșit liberi. Ne bucuram ca niște copii, dar ne-am abținut să facem larmă ca să nu ne descopere poliția sîrbească. În afară de faptul că trebuia să găsim o cale ferată, nu știam nimic. Noaptea, prima dată în locuri necunoscute, eram ca pierduți în spațiu. Din fericire mai era ceva țuică în sticla ce o avea Fritz și am împărțit-o frățește. Așa au trecut rapid toate problemele. Am ieșit din sat și eram într-o stare de fericire deosebită. Nu ne păsa de nimic. Am aprins fiecare cîte o țigară de Snagov, ne-am luat de după cap și mergînd pe drum, am început să cîntăm. Nu mai știu ce cîntam, dar important era că am reușit să scăpăm de coșmarul comunist.

Cap. VI

Speranța nu te va înșela niciodată
(Proverb peruan)

Mergînd așa fericiți și fără probleme pe șosea, la un moment dat a apărut o lumină de faruri în beznă. Obișnuiți cu regimul de tortură din România, gîndeam că o fi vreo patrulă de grăniceri și am sărit ca iepurii în tufele de pe marginea drumului. Tăcînd chitic am urmărit ce se întîmplă. Nu era pericol. Trecuse doar un autoturism. Am ieșit din nou pe drum și după vreo 500 de metri am ajuns la o intersecție. Aici bucluc! Încotro s-o luăm? Înapoi nu, că era satul de unde venisem. În dreapta nu, pentru că nu departe era Dunărea. În stînga sau înainte? Am luat-o înainte. Ce-o fi o fi. Poate că dăm de calea ferată. Din păcate nu am dat de ea dar după vreo oră și jumătate de marș am ajuns cu voia lui Dumnezeu, la Negotin. Am dat de o barieră de cale ferată și am luat-o în dreapta ca să căutăm gara. Am ales direcția greșită și după 10 minute ne-am întors. Nu aveam cum să vedem că gara e aproape, deoarece eram într-o curbă. Am luat-o în direcția bună și am ajuns la gară. Eu m-am dus să iau bilete dar, ghinion! Ghișeul era închis! Uitîndu-mă pe mersul trenului, ce era agățat pe perete, am citit că la ora 01:05 trecea singurul tren direct pînă la Belgrad. M-am uitat pe ceas și ce credeți cît era? Ora 01:00. Ce să facem, că nu aveam bilete! Eram disperați. Pe peron am dat de șeful de gară și cum am știut i-am dat de înțeles că vrem bilete. El a răspuns că nu mai are timp. Să urcăm în tren că primim acolo bilet. Noi de unde să știm asta? În România nu ai avut bilet și a venit controlul, ai plătit amendă de te-a usturat.

Problema brizantă era că pe peron nu eram singuri. Doi polițiști stăteau de vorbă cam la vreo 100 de metri. Cînd am apărut noi pe peron, s-au cam uitat chiorîș spre noi. Ne-a înghețat sufletul. Ce facem? Dacă ne arestează și ne trimit înapoi? Mai bine să mor decît să mă reîntorc! Spre norocul nostru(din nou), a venit trenul. Boactării au luat-o în direcția noastră și au mărit viteza. La un moment dat unul a strigat ceva care suna ca și stai, control, dar noi am sărit ca popîndăii pe treptii vagonului și am urcat. Trenul deja pornise. Am fugit prin trei vagoane către locomotivă ca să fim cît mai departe dacă plițiștii s-ar fi urcat după noi. Am avut noroc. Totul era în regulă. Nu ne urmărea nimeni. Ne-am așezat ușurați într-un compartiment gol! Aici am rămas ca trăzniți! Ordine și curățenie mai ca la noi acasă. Puteai să lingi sare de pe jos și în interior parcă era la hotel de lux, deși era clasa doua. Așa ceva în trenurile din România puteai să uiți. Epuizați ne-am așezat pe bănci. Ne-a prins oboseala. Acum aveam ocazia să ne relaxăm și să analizăm evenimentele din ultimele ore. Ce chestie. În cîteva ore n-i s-a schimbat radical mersul vieții! Am avut noroc cu carul în mai multe situații:

Dacă dădeam cu barca în spini puteam s-o aruncăm, dacă eram cu 10 minute mai tîrziu pe apă, cu siguranță ne răsturna șlepul ce urca spre baraj. Dacă întîrziam 5 minute, nu mai prindeam trenul și precis ne agățau polițiștii sîrbi. Ce să mai zic? Noroc, noroc și iar noroc. Cîndva a venit controlorul și și-a dat imediat seama ce-i cu noi. Omul era mai în vîrstă și vorbea binișor românește. Ne-a dat cele mai ieftine bilete și ne-a urat mult noroc. Am aflat că trenul ajungea la Belgrad în jur de 10:00 dimineața. Na, hai la somn copii. Dar cine poate, să doarmă. Eu nu puteam. Ceilalți au adormit și au început să sforăie. Cu asta mi-a trecut și ultima fărîmă de somn! M-am sucit, m-am învîrtit și pînă la urmă am ieșit pe culoar la o țigară. În gară văzusem că pe la mijloc era un vagon restaurant. Ok. Numa bine mă duc să beau o bere! Ne-au mai rămas ceva dinari de la biletele de tren. Zis și făcut. Era trecut de ora 4:00. Am traversat cele trei vagoane care mă despărțeau de restaurant și ajungînd la el dau să intru și nu pot. Ușa nu se deschide!

„Măi ce dracu să fie aici?"

Mai încerc o dată. Nu se deschide! Eram și tot buimac, de 40 de ore nedormit și nu am văzut ce scrie pe program. De la 4:00 dimineața pînă la 9:00 era închis.

„Na drace. Dacă știam nu mai veneam pînă aici" și dezamăgit m-am întors. Înainte de a ajunge la vagonul meu, pe culoar, doi tineri fumau și se întrețineau. Ajungînd în dreptul lor am auzit că vorbesc românește. M-am oprit și am intrat în vorbă cu ei:

„Salutare băieți. Aud că vorbiți românește. A-ți trecut și voi pe Dunăre azi noapte?"

„Nooo. Noi sîntem sîrbi din Prahovo și mergem la Belgrad."

„Eu și încă doi prieteni am trecut cu barca Dunărea pe la Prahovo. Dar cum de vorbiți voi românește?"

„La Prahovo? Ce coincidență! Noi acolo locuim. La noi se vorbește dintotdeauna și românește pe lîngă sîrbește. Mă bucur pentru voi băieți că a-ți scăpat. Noi știm ce face Ceaușescu cu voi și ce situație nasoală aveți. Dar pe voi acuma, nu vă mai interesează pentru că v-ați eliberat din închisoarea comunistă."

„Să sperăm că nu ne vor da înapoi autoritățile voastre!"

„Păi unde vreți să mergeți?"

„Noi vrem toți trei în Germania."

„Oo, nu vă faceți probleme, că pe voi nu vă mai dă nimeni înapoi. Dacă a-ți fost la ambasada germană și după aia la ONU nu mai are nimeni treaba voastră" zise unul din ei.

„Băi frate, ce curățenie aici în tren de parcă ar fi pe altă planetă. Dacă aici e așa, cum o fi în Germania?" am zis eu.

„Eu pot să-ți spun că lucrez acolo. E de 10 ori mai frumos și curat ca la noi. Ți-i drag să umbli pe străzi și prin magazine!" zise unul dintre ei.

Eu am tăcut și am înghițit. Mi-am aprins o țigară ca să mă calmez. După două fumuri trase și expirate zise unul din ei către mine:

„Da.... ce otravă fumezi tu aici că nu miroase, ci pute. Oahh! Arunc-o că-ți dau eu alta. Ia de aici" și-mi întinse pachetul de Marlborro. Am aruncat imediat pe geam Carpațiul fără filtru și am luat o țigară pe care am savurat-o ca pe o delicatesă. Mi-a trecut și de foame și de sete...

M-am mai întreținut cu băieții vreo oră și unul din ei a promis că dacă ajungem la Belgrad el va plăti un taxi ca să ne ducă la ambasada germană. Ce să mai zic? Din nou noroc! La știrea asta fantastică nu am mai reușit să mă abțin și am luat-o la fugă spre vagonul meu unde pe ceilalți doi îi lăsasem în lumea viselor. Intrînd în compartiment am fost luat direct în șuturi:

„Băi amețitule, unde umbli tu mă? De o oră ne tot uităm și tu nu mai apari. Am zis că ai sărit din tren sau te-o fi luat poliția!"

„Da ce să fi făcut aici, dacă voi ați sforăit ca niște cai? Eu nu am mai putut adormi și atmosfera era de film de groază! Doar nu era să stau aici să vă dirijez pe voi! Am ieșit și am vrut să beau și eu o bere la restaurant dar era deja închis. În schimb am o știre bombă pentru voi" și le-am povestit despre conversația cu cei doi sîrbi care erau în vagonul învecinat. S-au bucurat și ei. Ne-am hotărît să ieșim și să mergem toți pe la frații noștri sîrbi să ne mai întreținem cu ei. Așa a trecut timpul mult mai repede și deodată ne-am trezit că sîntem la Belgrad. A oprit trenul în gară și la coborîre am rămas gură cască. Pe peron era un chioșc plin de bunătăți: rude de salam, ciocolată, portocale, banane!

„Banane și portocale la sfîrșit de Mai? Da unde am ajuns măi frate? În paradis? Păi dacă aici e așa, ce-o fi în Germania?" mă întrebam eu. Dar ce, era de mirare? Noi vedeam doar în decembrie portocale și ne băteam ca maimuțele la rînd pentru un kilogram de banane! Vai de capul nostru! Dar s-a terminat cu sărăcia. De acuma nu mai era loc decît de mai bine! Sîrbii s-au ținut de cuvînt. Unul s-a oprit la chiosc, ne-a cumpărat la fiecare cîte un pachet de țigări Vikend(cei mai în vîrstă își mai aduc aminte) și celălalt a vorbit cu un taximetrist pentru ambasadă. Ne-am mulțumit, ne-am despărțit și am urcat în taxiu. Ne uitam pe geam ca pisicile în calendar! Mașini, clădiri impozante, curățenie! Eram ca în transă. Nici nu am observat că șoferul a încetinit și s-a oprit făcîndu-ne semn să coborîm că aici ar fi ambasada. Era o stradă unde în fiecare clădirire era cîte o ambasadă a diferitelor state. Cînd am dat să coborîm, am văzut steagul românesc și imediat am sărit înapoi pe scaun strigînd la șofer să meargă mai departe că nu aici vrem noi să mergem. El știa unde vrem noi să ajungem dar a făcut-o de șagă, adică a glumit. La vreo 300 de metri a apărut în sfîrșit și steagul Germaniei de vest. Am coborît și ne-am dus pușcă spre clădire. Am vrut să intrăm dar ușa era închisă. Fiecare ambasadă avea o geretă în față unde era un soldat de pază. Așa și aici. Paznicul a venit spre noi și ne-a alungat dîndu-ne de înțeles că nu avem ce căuta aici. Coborînd decepționați treptii, ne-a venit în cale un cetățean îmbrăcat la costum ce urca spre clădire. S-a oprit în dreptul nostru și ne-a întrebat în germană ce facem aici. Noi i-am spus că am reușit să trecem Dunărea și am vrut să ne înregistrăm la ambasadă, dar e închis. Omul a spus că el lucrează aici și că putem să intrăm cu el. Deși era sărbătoare și ambasada era închisă am intrat cu el. Chiar dacă din nou mă repet: ce putea să fie asta decît noroc? Veneam mai tîrziu, intra el înăuntru și cine știe cum ar fi decurs lucrurile.

Am intrat, am complectat actele de rigoare și un lucrător ne-a dat adresa și numărul de autobuz pe care trebuia să-l luăm ca să ajungem la ONU să ne înregistrăm și acolo. Totul a funcționat ca pe roate. La sediul ONU am mai întîlnit români care ca și noi reușiseră să fugă cu suces peste graniță și ne-am mai întreținut cu ei. De aici trebuia să mergem să ne prezentăm la poliție. În fine, au trecut și aceste momente frumoase și se apropia timpul să suportăm calvarul celor două săptămîni de închisoare. Legea era clară: cine trecea ilegal frontiera trebuia să facă cel puțin două săptămîni de pușcărie. Cu strîngere de inimă am luat-o către poliție care nu era departe tot pe aceeași stradă. Am găsit repede clădirea, am intrat și ne-am așezat pe o bancă așteptînd să se ocupe cineva de noi. Nimeni nu ne dădea atenție. Cam după vreo jumate oră ieși dintr-o cameră un șmecher și ne luă la întrebări pe sîrbește. Noi de unde să știm sîrbește? Am luat-o cu engleza și i-am explicat că sîntem din România. Imediat ne-a băgat în cameră și după ce ușa s-a închis a și explodat!

„Măăăăă cine dracu v-a adus iar la mine, că m-am săturat de voi românii. Toată ziua veniți aici pe capul meu. Nu mai am timp nici să respir de voi. De ce nu v-ați prezentat la Negotin și a-ți venit aici?" zise el într-o română impecabilă. Noi am rămas blocați! De unde știe ăsta românește?

Dar nu era timp de pierdut prea mult cu gîndurile. Am înțeles că era procuror. I-am explicat ce e cu noi și după ce a auzit că am fost la ambasada germană și la sediul ONU s-a liniștit. După ce am complectat cîteva formulare zise el către noi:

„Măi băieți. Afară-i o vreme splendidă. Ia ieșiți și voi în oraș la o bere. Reveniți spre seară pe la șase și vă prezentați aici la arest. Așa merge, asta-i legea. Vă doresc mult noroc și aveți grijă de voi...că dacă nu.... avem noi" și ne-am despărțit dîndu-ne mîna și zîmbind.

Avea dreptate. Încet au început stomacele noastre să dea semne de neliniște. Nu mai mîncasem și nici nu am băut de cu seară nimica. Era ora 15:00. Am plecat prin oraș să căutăm un restaurant sau o terasă unde să băgăm ceva în gură. Fritz mai avea 50 de Mărci și asta era de ajuns. Vremea era frumoasă caldă și cu soare. Așa era și în sufletul nostru. Eram toți trei în al nouălea cer de bucurie că totul a decurs ca pe roate. Am găsit o terasă și ne-am comandat cîte un sandvici, alune americane, bere și cîte o cafea.

Oameni buni! Și acum, după mai bine de 25 de ani, m-i se umezesc ochii cînd î-mi aduc aminte de aceste momente unice!!!!

Cu cît nesaț am savurat acele alune sărate, cît de delicios a fost sandviciul, ce gust fantastic avea berea Tuborg și ca încoronare o cafea cu frișcă și un Vikend...

Poate că unii dintre voi o să rîdă, zicînd că-s copilării, dar sînt sigur că la fel ca și noi a-ți fi reacționat.

Din păcate timpul a trecut repede și ne-am întors la poliție. Indiferent ce ne aștepta eram liniștiți că viitorul nostru e asigurat, cel puțin teoretic. Am ajuns în clădire și ne-am așezat pe o bancă așteptînd să vină cineva să ne dea relații ce avem de făcut. Nimeni nu s-a interesat de noi. De fapt nu trecuse nimeni timp de o oră pe acolo ca să ne vadă. Deja ne făceam gînduri că ăștia nu ne vor. În România de-abia te apucau cîinii de securiști ca se te mai ciomăgescă și sîrbii ne trimit în oraș! Eram toți zăpăciți de cap. Aici în Sîrbia se învîrtea altfel ceasul. În sfîrșit veni un boactăr, ne duse la magazie unde am predat curele și șireturi, după care am intrat la zdup adică la celulă. Era o cameră de vreo 8 m². Un perete era complet ocupat de un grătar cu scînduri care ținea loc și de scaun și de pat. Acest grătar era la înălțimea de un metru și înclinat. Am încercat să mă întind că mă dureau toate oasele dar puteai să uiți. Era imposibil să te întinzi. Trebuia să te faci ghem ca să nu cazi de pe el. Acuma era clar că nu ne aflam la hotel. Noi nu eram goști, adică oaspeți, ci viitori deținuți și astea erau și condițiile. Cu chiu cu vai am ațipit eu vreo două ore. Parcă nu se mai lumina de ziuă. Pe la prînz am mai fost o dată chemați la interviu, apoi ne-au adunat pe toți, vreo 15 persoane și ne-au înghesuit ca pe vite într-o dubă mică. Doi polițiști erau în cabină despărțiți de noi printr-un perete de tablă în care era decupat un geam mic. Ce mai, era o dubă de pușcărie. Nici nu am plecat bine de pe loc, că nebunul de șofer dădu gaz și noi am zburat unul peste altul ca niște saci de cartofi. Pînă am ajuns la pușcăria „Padinska Skela" și-au bătut ăstia joc de noi în ultimul hal. Gaz, frîne, gaz, frîne și rîdeau de noi de se prăpădeau. Mie m-i s-a făcut rău de am crezut că și mor. Închipuiți-vă 15 țigări să se aprindă deodată într-o încăpere așa mică. Nu te mai vedeai om cu persoană și pe lîngă asta și zguduiala de la frîne mi-a pus căpăstru. Am ajuns cam după vreo 10 minute și la coborîre m-au sprijinit prietenii mei pentru că eu nu mai eram în stare să umblu. Poliziștii sîrbi rînjeau ca mistreții și se distrau! Ce să faci... Așa e în viață cîteodată!

Am fost dirijați la magazie dar am aflat că fiind vineri seara, magazionerul e dus acasă în permisie și revin luni diminrața. Iarăși am rămas mut. Ce se întîmplă aici domnule? Păi aici pușcăriașii pleacă acasă în permisii? Nu mai auzisem eu așa ceva. În România căpătai pe cocoașă eventual și visai numai la libertate. Aici altă țară, alte obiceiuri. Asta e. Am rămas cu hainele civile ce le aveam pe noi și șotînc, șotînc, am intrat în camera ce ne era rezervată. Aici eram la grămadă și sîrbi golani și noi românii fugari. Pentru că nu erau scaune și mese a trebuit să ne așezăm pe niște saltele vechi. După vreo oră am

primit la cameră cina. Dar ce cină! Nici acasă nu am mîncat ce am mîncat acolo! Numai bunătăți: pîine albă, unt, marmeladă, salam, pateu de ficat! Păi frate, așa să tot faci pușcărie! Am băgat în gură ca proștii. Se uitau sîrbii la noi ca boii la poarta nouă. Dar ce să fi făcut? Eram flămînzi. La arest nu ne-au dat nici apă, nici mîncare. Nu ne-am săturat noi, dar ajungea pînă a doua zi. Pînă pe la ora 21:00 au tot venit în cameră ba români, ba sîrbi. Așa încet s-a umplut încăperea și locul pe saltele a devenit cam strîmt. Printre delicvenții sîrbi era și unul mai în vîrstă ce duhnea groaznic a băutură și pișat. Pe lîngă asta a început să se scarpine peste tot. Imediat s-a făcut loc în jurul lui. Cu siguranță că avea păduchi. A trebuit să-l suportăm pînă luni dimineața cînd ne-au scos în sfîrșit din cloaca aia de cameră și ne-au dus la magazie să ne dea haine. Deci, eu am ajuns din nou să umblu în haine de pușcărie. Cel puțin nu eram flămînd și nici nu ne terorizau paznicii ca în România. Nici aici nu am scăpat de muncă. Fiind sfîrșit de mai, porumbul era deja mărișor și trebuia săpat. Asta am făcut o săptămînă. Alții mergeau la cules de căpșuni și î-și umflau burțile cu ele. Veneau și ne povesteau, iar noi cei de la cucuruz eram total dezamăgiți neștiind că ne vine și nouă rîndul. A doua săptămînă am trecut noi la căpșuni și am mîncat la ele cît nu mîncasem în ultimii 10 ani. Le mîncam nespălate. Scîrțîia nisipul în dinți de numa, dar era dulce.
În camera unde am fost repartizați era loc pentru 70 de deținuți. În sfîrșit condiții mai bune de dormit. De

mult nu mai trăsessem un pui de somn adevărat. Aici am dormit ca la mama acasă. Mă tot minunam ce condiții la ăștia în pușcărie! Ca în România la hotel.

Vremea era splendidă, început de iunie, și în fiecare zi la prînz se făcea apelul în curte unde erau citați absolvenții, adică cei care î-și făcuseră stagiul de 14 zile de temniță. După apel, cei care erau pe listă mergeau la magazie, î-și luau hainele civile și plecau în lagăr care era la vreo 500 de metri. Încet și sigur se apropia și momentul să ieșim și noi, cei trei mușchetari. A venit și ziua cu pricina și ne-au strigat în față să ne libereze. Acum parcă văd în fața ochilor curtea cu salcîmi și simt mirosul de flori ca și bucuria că am trecut și de acest hop.

Toate bune și frumoase dar nu eram încă liberi și nici nu am ajuns unde ne-am propus. De aici ne-au repartizat în lagărul ONU. Condițiile de cazare erau ceva mai bune, camerele fiind numai cu 10 paturi. Aici eram între noi evadații, trădătorii de țară din România! Din punct de vedere al alimentației era mai rău ca dincolo. Stăteam pe cameră și primeam puțină mîncare. Norocul nostru că am optat pentru Germania și nouă ne-au oferit posibilitatea să lucrăm la un producător de ceai, care ne și plătea. Eram afară din cameră la aer și puteam să ne mai cumpărăm cîte ceva de ale gurii ca să ne astîmpărăm foamea. Era puțin ce primeam, dar am fost mulțumiți. Didi avînd chemarea de la fratele lui, a și plecat a treia zi. Eu cu Fritz am stat șase zile după care am ieșit și noi pe hotel. De fapt erau mai multe clădiri în afara orașului pe un deal. Aici eram cazați toți cei ce urmau să plece mai departe în occident în diferita direcții -Germania, Canada, America, Australia. Didi a primit rapid pașaport și ne-a părăsit după o săptămînă. L-am condus la gară și cu oarecare invidie ne-am despărțit, el luînd trenul spre München. Noi ne-am întors la hotel undei trebuia să așteptăm pînă ne veneau actele. Toți cei cu care eram pe hotel am primit de la ambasadă un act, prin care eram scutiți de plata autobuzului. Deci puteam să ne plimbăm zi și noapte gratis cu autobuzul prin Belgrad.

Dar nouă nu ne ardea de plimbare aiurea. Mergeam zilnic la ambasadă să vedem de acte și la cabinele telefonice din centru, ca să sunăm ori acasă ori în Germania la neamuri. Seara erau toate cabinele ocupate de noi românii. Vorbeam cîte jumătate oră. Sîrbii erau deja disperați. Nu aveam noi bani, dar aveam creier. Ca peste tot, românul se descurcă. Am descoperit o metodă cu care să vorbim aproape gratis. De fapt erau două modalități. Prima era cu o monedă de 100 de Dinari găurită și legată cu o sfoară. Dădeam drumul la monedă în aparat și în momentul cînd aveam ton, formam numărul. O lăsam în aparat cît timp vorbeam. Negativ era că de obicei se rupea ața la încercarea de a scoate afară moneda. Se agăța în interiorul aparatului și rămînea în el. Nu era o valoare mare fiind echivalentă la vremea aceea cu 25 de bani românești. O bagatelă dar cu efecte mari.

A doua posibiliate de convorbiri telefonice gratuite era mai rafinată. Formam numărul de centrală și ceream în engleză numărul din Germania. Cu 100 de dinari se vorbea normal cîteva minute în Serbia. Noi vorbeam cîte o jumătate de oră afară, prostind-o pe telefonistă care nu știa că noi eram la cabina telefonică. Prin telefoanele date în Germania am aflat de o coincidență frapantă.

Un unchi de al meu fugise în 1977 cu un prieten din Lugoj. Acest prieten din Lugoj, era văr cu Fritz. Deci uite cum te apropie destinul. Prin vărul lui Fritz care mai ținea legătura cu unchiul meu, s-au rezolvat și actele mele mai repede. Totuși a trebuit să-l conduc și pe Fritz la gară și am tras o tură de plînsete. După plecarea lui, la o săptămînă am primit în sfîrșit și eu actele de la ambasada germană. Pentru prima oară în viața mea am devenit peste noapte milionar....în Dinari.

Am primit de la ambasadă 300 de Mărci pentru biletul de tren, ceea ce schimbat în dinari era aproape un milion și jumătate. După ce am cumpărat biletul mi-au mai rămas cam 100.000 din care mi-am luat un pachet de țigări, o rudă mică de salam, o pîine și o sticlă de suc. Asta a fost tot. Dinarul se devalorizase groaznic. Dar eu eram fericit că mai am doar un ultim obstacol de trecut și ajungeam în libertate, ceea ce din copilărie am visat. Împreună cu încă cinci fericiți ca și mine ne-am urcat în tren și duși am fost. Tot drumul am chefuit. Nimănui nu-i ardea de somn. A doua zi dimineață, la opt, am ajuns la München în gară.

Bineînțeles că am fost năucit de curățenie și architectură. Mult timp de visare nu am avut. Am schimbat trenul spre Nürnberg unde trebuia să ne prezentăm în lagărul de primire al emigranților și m-am reîntîlnit cu Fritz. Bucuria a fost nemărginită fiind stropită din plin cu bere la un restaurant grecesc, după care a urmat un prînz copios.

Din acest moment a început integrarea mea într-o viață nouă și total diferită de ceea ce cunoșteam. Mulți își închipuie că viața din occident e foarte frumoasă și bogată. Da, e frumoasă, s-o trăiești pe durată scurtă, în vizită și pe spatele altora. Dar să trăiești aici definitiv nu e chiar așa de roză. Aici nu fug cîinii cu colaci în coadă. Nu capeți nimic degeaba și nu e raiul. Că e mai bine ca în alte părți, nu vreau să neg. Dar aici nu stai degeaba și banii vin. Nu mi-a fost deloc ușor și sînt sigur că majoritatea care au început o viață nouă, știu cîte greutăți sînt de trecut pînă cît de cît reușești să te integrezi. Eu am reușit. Dar am și făcut ceva și nu am așteptat să primesc de pomană. Nu vreau să acuz pe nimeni. În contrast cu cei care au fost cumpărați de statul german, eu mi-am riscat de două ori viața ca să-mi împlinesc visul. Dar mulțumesc lui Dumnezeu că am reușit.

Acum spre sfîrșit mi-am amintit de o frază celebră a unui magnat american, Henri Ford renumitul constructor de automobile. Chestia e valabilă pentru fiecare dintre noi. Traducerea sună cam așa:
„Cine tot timpul, nu face altceva decît numai ce știe, rămîne același om, care a fost.”

Aici închei, dar nu definitiv.....cu scrisul. Am în proiect o culegere de interviuri cu persoane care ca și mine au reușit să treacă ilegal granița în anii 80. O carte la fel de palpitantă ca și cea pe care tocmai a-ți citi-o.

Vă doresc împlinirea tuturor visurilor și vedeți-vă de sănătate, pentru că dacă nu o mai aveți, cu toți banii din lume nu o mai puteți cumpăra.

Traseul primei încercări ratate, încheiată cu pușcăria

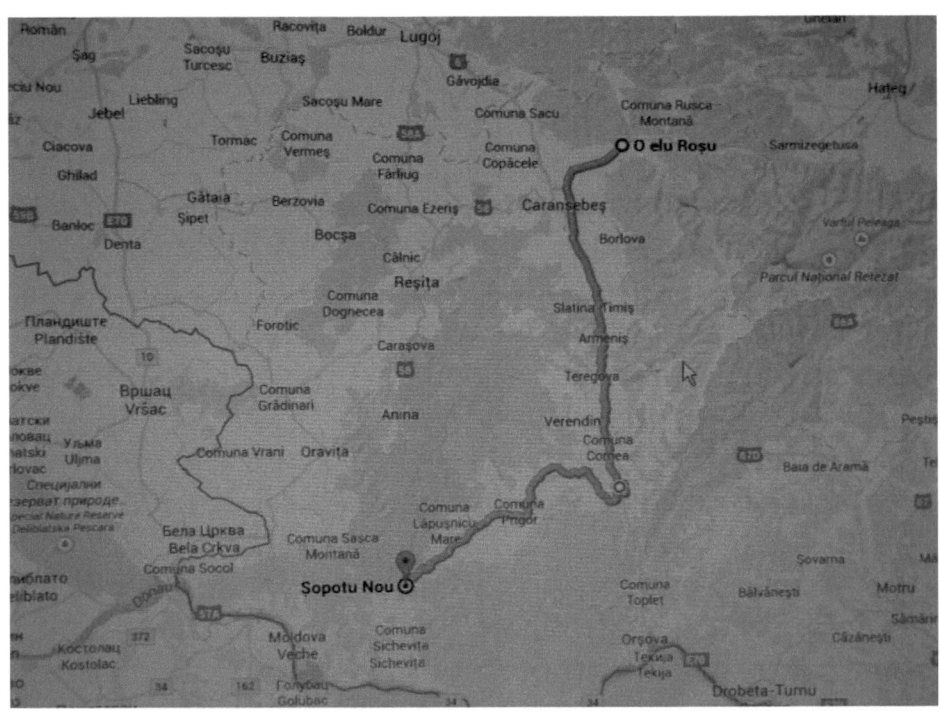

24 Mai 1989, o zi deosebită în viața multora, dar mai ales în viața mea!
Punctul de trecere a Dunării cu barca, mai jos de Porțile de Fier 2, la a doua încercare încununată de succes

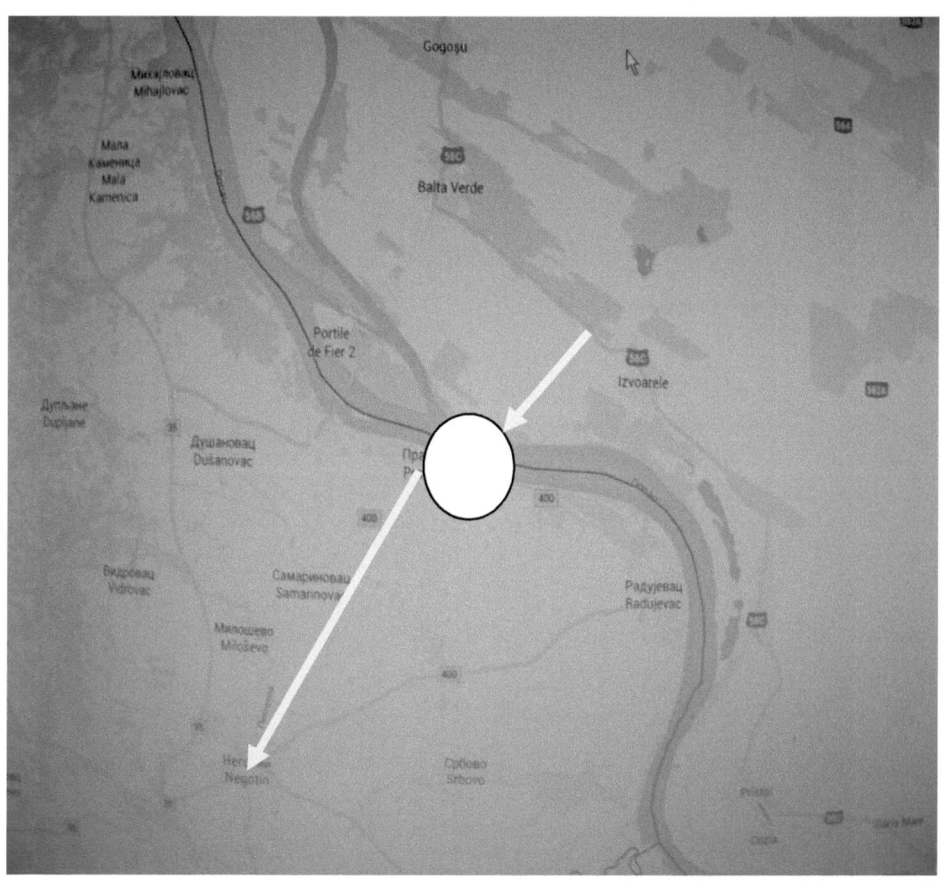

Am expus biletul de liberare din penitenciar ca să dovedesc autenticitatea celor scrise

REPUBLICA SOCIALISTĂ ROMÂNIA

MINISTERUL DE INTERNE

DIRECȚIA PENITENCIARELOR

Penitenciarul *Timișoara*

Anul 19 *83* luna *01* ziua *05*

Domiciliul avut la arestare:

Oțelu Roșu
Oțelarilor 68.
Caraș Sev.

BILET DE LIBERARE Nr. *185* 19 *83*

Numit *Malarcser Damel Oscar*

Născut în anul *1958* luna *11* ziua *18* în

comuna *Oțelu Roșu* județul *Caraș Sev.*

profesia *Electrician* lui *Bela* și al *Persia*

A fost depus ca *cond 10 lim* de la *02.09.82* pînă la *05.01.83*.

De către *P.L. Orăvița* cu mandatul nr. *565/82*

emis de *Judec Orăvița* sentința nr. *320/82*

pentru faptul de *T.T. Front*

Cd. 728/1981 — V 25 — I-d 004